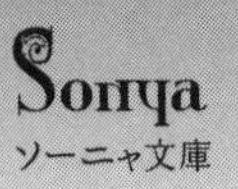

ソーニャ文庫

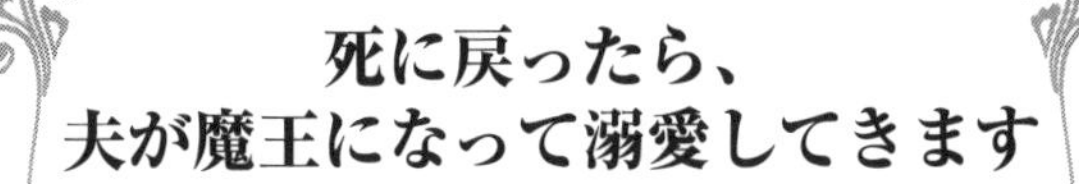

死に戻ったら、
夫が魔王になって溺愛してきます

春日部こみと

イースト・プレス

contents

序章　殺されました

――苦しい！

マージョリーは声にならない声で叫んだ。

口の中に溢れる血のせいで、錆のような味と臭いに噎せ返りそうだ。

呼吸をしようと喘ぐのに、肺はちっとも膨らもうとしない。空気を求めて喉がひくつき、陸に上がった魚のようにパクパクと口が開閉した。四肢の筋肉は強張り引き攣って痛いほどだ。喉も肺も胃も焼けるように熱かった。

熱さなのか、痛みなのか――それすら判別がつかないのに、己の身体が内側から壊されていくのだけは、理解できた。

鮮明に見えていたはずの視界が、白黒の世界へと変わる。その映像ですら、端の方からチカチカと瞬き消え始めていた。

――私は、死ぬのかしら……？

先ほどまでは想像もしていなかった死の予兆に、マージョリーはただ呆気に取られるばかりだ。なぜ自分は死にかけているのだろうか。

――どうして、今なの……。

ようやく、だったのに。ようやく、彼の本当の妻になれたと思ったのに。

マージョリーは敗戦国の王女として売られるようにしてこの国に嫁いだ。

民の全てが魔力を持つレーデにおいて、魔力を持たない自分は蔑視の対象でしかなく、嫁いでからの日々はとても王子妃とは思えない暮らしぶりだった。

唯一の救いは、夫となったギードだけだ。

彼だけはマージョリーに優しかった。

レーデの第五王子であるにもかかわらず、彼もまた周囲から疎まれる存在だった。だからギードもマージョリーと同様に、人の温もりと愛情に飢えていたのだろう。二人はすぐに仲良くなった。

ギードは臆病で他人を傷つけることをなによりも恐れる、心優しい人だった。それゆえに、皆に軽んじられて酷い扱いを受けるのだ。

マージョリーはそんな夫を守りたかった。

王宮で二人は使用人にまでばかにされている有り様で、嫌われ者の夫婦は王宮の片隅にある小さな離宮で身を寄せ合うようにして生きていた。

それでも、マージョリーは幸せだった。

祖国モランが戦争に負け、敵国であったレーデに嫁ぐと決まった時点で、自分は殺されても仕方ないと諦めていた。

だからそんな自分が素晴らしい夫を得て、彼を愛することができたなんて、奇跡だと思っていたのだ。

――やっと、あなたと一つになれたと思ったのに……。

視界は真っ暗になってしまった。雲に覆われた闇夜のようだ。何も見えない。

死が近いことを確信しながら、震える手をなんとか動かして自分の胸に突き刺さっている物に触れた。硬く、冷たい感触は、長剣の柄だ。

この剣を、マージョリーはよく知っていた。

これは、夫の剣だ。

物々しい凶器は優しい彼には不似合いだと思ったが、それは彼の亡き母の形見だった。

『母を偲ぶ物は、これしかないんです』と寂しげに呟いた彼が気の毒で、マージョリーは『では、お母様のお話を私にしてくださいませ』と強請った。亡き人を偲ぶ物は一つしかなくとも、亡き人を語る相手がいれば、少しは救いになるのではと思ったから。

――ああ、ギード……。

自分を見つめる、真紅の眼差しが脳裏をよぎる。

皆は彼の鮮血のような赤を忌み嫌ったけれど、マージョリーは美しいと思っていた。その赤は、血の赤などではない。マージョリーの好きな、真っ赤に熟れた野いちごの色だ。

どうしてこれほど愛らしく純粋な赤を、禍々しいと言ったりするのか。混じりけのない赤は、温かく優しいギードの本質を表す色だというのに。

——もう一度見たいわ、ギード。あなたの、優しい、赤を……。

最期に一目でいいから、夫の姿を見たかった。

願いを伝えたくて唇を動かすけれど、マージョリーの口からはもう血しか溢れてこない。

——だめ……私は……、私は……。

ギードを置いては逝けない。優しくて弱虫の夫は、独りになれば寂しくて死んでしまうかもしれない。彼を独りになんてしてはいけないのに——。

閉じてしまった目を、必死に開いた。視界は既に失われていたけれど、閉じてしまえばもう二度と開けなくなることは分かっていた。

『……マージョリー、許してください。全て僕のわがままなのです』

ギードの声が聞こえる。

いつもは低く艶やかで、温かいはずのその声が、冷たく聞こえるのは気のせいだろうか。

『……いいえ、やはり、許さなくてもいい。どうか、死んでください。……僕のために』

その言葉に、マージョリーは全身の力を抜いた。

もう、頑張らなくていいのだ。

──私を殺したのは、あなただったの……？

夫が自分を殺すわけがないと信じていた。だから、見間違いだと思いたかった。

見えないはずの目が最期に一瞬だけ、夫の姿を見せた。

ギードはゾッとするほど美しかった。

マージョリーの愛した野いちごの瞳ではなく、鉱物のような冴え冴えとした光を放つ赤い目で、こちらをまっすぐに見下ろしていた。

表情がごっそりと抜け落ちた仮面のような表情で、ギードは己の愛剣でマージョリーの胸を貫いたのだ。

──あなたが、殺したいほどに私を厭っていたなんて……。

知らなかった。

知っていれば、あなたを愛したりしなかったのに──。

第一章　目が覚めたら三年前でした

「――ッて、夫に殺されたのですが⁉」

自分の叫び声で目が覚めた。

こんなにハッキリとした寝言を言ったのは初めてだ。

ガバリと身を起こし、マージョリーはゼーハーと荒く呼吸を繰り返す。心臓がバクバクと早鐘を打っていて、全身汗でぐっしょりと濡れていた。

「……ゆ、夢……？　なんて酷い悪夢なの……⁉　よりによって、最愛の夫に殺される夢だなんて……！」

呻くように呟きながら、ネグリジェの胸元を摑んだ。汗で布が皮膚に貼り付く感触が気持ち悪い。湯浴みをしたいところだけれど、部屋の暗さからしてまだ早い時間だ。きっと使用人たちは起き出した頃だし、なによりマージョリーのお願いを素直に聞いてくれる人たちではない。いつもの湯浴みだって、バスタブには湯ではなく水が入っていることがほとんどで、ギードの魔導術で温めてもらってから使うようにしているのだ。

（……まあ、バスタブを準備してくれるだけありがたいわよね）

侍女たちも自分の仕事がなくなると困るのだろう。非常に雑だが最低限の洗濯や掃除はしてくれる。

けれど食事に関してだけは、侍女の手は借りられない。

以前マージョリーの夕食に毒物が混入していたことがあったからだ。

不幸中の幸いと言うべきか、死に至るような毒ではなく、三日ほど嘔吐と下痢に見舞われる程度で済んだのだが、この先致死性の毒を盛られる可能性もゼロではなかった。

それ以来、ギードとマージョリーは自分たちで食材から確保することにしたのだ。

ちなみにその時に「あなたの魔導術で毒が入っているか、判別できないのですか？」と訊ねてみたのだが、ギードは困った顔をしていた。強い魔力を持つギードは、一瞬で水をお湯に変えられるのだから、毒くらい判別できそうだとマージョリーは考えたのだが、そうでもないらしい。

『僕は魔導術が下手くそなのです。ごく初級の簡単なものは使えますが、複雑なものは……。特にこの国で重要視される攻撃魔導術の類をほとんど使えないので、皆からばかにされてしまうのです……』

ギードは母親のお腹にいた頃から、保有する魔力量が膨大であることが分かっていて、次期王にと期待されていた王子だったのだが、魔力量が多くてもそれを上手く扱うことができないのだそうだ。

『僕ができるのは、毒入りの食べ物を消し炭にすることくらいです』

しょんぼりと肩を落としながら言う夫に、慌てて「消し炭にするのもすごいわ！」と励ましたのだが、その励まし方で合っていたかどうかは今でも分からない。

それはともかく、妻を守るために離宮の庭の片隅で家庭菜園を始めてしまうような心優しい夫に、よりにもよって刺殺される夢を見るなんて。

（私ったら、我ながらずいぶんとセンスのない夢を見てしまったものだわ……）

夢に文句を言ったところでどうしようもないのだけど、と軽く肩を竦めてベッドを降りようとして、マージョリーは初めて違和感を覚えた。

「……あら？　ここは……」

ベッドの天蓋から垂れ下がるカーテンを開くと、そこに広がっていた光景がいつもと違っていた。だが、初めて見るものではない。それどころか、とても懐かしい光景だった。

アラベスク模様の絨毯（じゅうたん）に、柔らかなベージュに金糸で刺繍（ししゅう）が施されたカーテン、窓際に置かれたライティングデスクは、生前母妃から譲り受けたものだった。

「私の部屋……？」

嫁ぐ前にいた、母国であるモラン王国のマージョリーの私室だ。

「どうして……私、いつの間に祖国（モラン）へ？」

嫁いでから二年半、一度も帰国したことはなかった。そもそも政略結婚をした敗戦国の王女がそう簡単に帰国を許されるわけがない。

（何か、私が帰国しなくてはならないほどの事が起きていたのかしら……？）

頭の中で様々な可能性を考えてみながらも、足を動かして部屋の中を見て回る。

古いライティングデスクの上は整頓されているが、羽ペンやインクが飾るように置かれている。マージョリーが使っていた頃のままの配置に、胸がキュッとなった。

（……お父様の言いつけかしら）

父から大切にされていた自覚はあった。あの父ならば娘が嫁いだ後も部屋をそのまま保つように命じそうだなと笑みが漏れる。

ライティングデスクの抽斗（ひきだし）を開けると、ラベンダーの香りがふわりと鼻腔をくすぐった。自分の部屋の匂いに、懐かしさで胸がいっぱいになる。ラベンダーのサシェをいろんな場所に忍ばせてあるのだ。

マージョリーは南の大陸を統（す）べるモラン王国の唯一の王女として生を受けた。

父王と母妃の間には子はマージョリー一人しかいなかったが、この国では過去には女王が存在したこともあったため、マージョリーは王太子として両親からも周囲からも可愛がられ、何不自由のない暮らしをしていた。

数百年前には戦争を繰り返していた南の大陸も、「賢者の国」と呼ばれるモランが確立した大陸法という秩序によって平和がもたらされ、長い春の時代を謳歌していたのだ。

だがモランがレーデとの大規模な戦争に敗北したことで、全ては一変してしまった。

北の大陸を統べる魔導国レーデは、魔力を持つ人間の国だ。温暖で地下資源も豊富な南の大陸とは逆に極寒の地である北の大陸は、「冬枯れの大地」という異名があるほど貧しい土地だが、その代わりに神はかの地の人々に魔導術をもたらしたと言われている。

それまで南の大陸の者たちにとって、北の大陸は『未開の地』だった。北と南の大陸を隔てる大海は、『魔の海域』と呼ばれる危険な場所を含んでいる。魔の海域ではほとんどの船が嵐に見舞われ遭難して行方知れずになってしまうのだ。

古には幸運にも北へ渡り、その後南へ戻ってきた猛者がいて、北の大陸についての記述も少しは残っているが、昨今では遭難の危険を冒してまで北の大陸へ出向く者はいなかった。

しかし、北はそうではなかった。豊かな南の大陸に羨望を抱き続けていたのだ。

レーデから突如大軍が押し寄せたのは、マージョリーが十八歳になった年の夏だった。

レーデ人の魔導術を使った武器による壮絶な攻撃に、長年『平和』という名の温室で生きてきた南の大陸の者たちが太刀打ちできるはずがなく、開戦から一月を待たず、モランはレーデに降伏することとなったのだ。

モラン王国の嗣子であるマージョリーをレーデの王族に嫁がせる、という降伏の条件は、実際のところ王政廃止命令だった。

レーデの狙いが南の大陸の豊かな大地であることは明白だ。戦争による被害を最小限にするために、武力による皆殺しではなく、政略結婚という形で占領という方法を採ったのだろう。

建前が和平のためであったとしても本来の目的が王家の断絶である以上、マージョリーはレーデで殺されてもおかしくない。

その覚悟をして嫁いできたのだから、使用人たちから冷遇されていたとしても、文句など言えるはずがないのだ。

「……それにしても、私はどうしてモランに戻ってきているのかしら……？」

マージョリーは改めて首を捻る。今こうして祖国の自室で目を覚ますことになった経緯を思い出そうとしても、まったく記憶がないのだ。

（私、こんなに頭が悪かったかしら？）

これまで、物覚えが悪いと思ったことはなかったのだが、と訝しく思っていると、ふと目の端にドレッサーが映った。

「まあ、これもあの頃と同じなのね」

使っていたブラシや香水瓶も以前のまま置かれている、と嬉しくなってそちらへ顔を向けて、仰天した。

「――ッ、ど、どういうこと!?」

マージョリーはタッと駆け出して、ドレッサーの鏡に縋りつくようにして中を覗き込む。

そこにいたのは、ふっくらとした頬に、ピンクの唇をしたあどけない少女だ。長く豊かなサンディブロンドの巻き毛は薄闇の中でも艶々と輝き、大きな藍色の瞳を見開いてこちらを凝視している。

レーデでの暮らしで頬が痩け、顔色も悪くなってしまった自分とは正反対の、溌溂とした健康的な少女の姿だった。

「この姿は……まるで嫁ぐ前の頃の私だわ……！　顔が少し幼いし、なにより髪がこんなに長いままだもの！」

レーデに嫁いで一年目に、マージョリーは腰まであった髪を自分で切った。長いと手入れが大変だし、すっかり傷んでしまった髪はみすぼらしく見えたからだ。ギードには盛大に嘆かれてしまったが、頭が軽くなって自分では気に入っていた。切った直後よりはいくらか伸びたけれど、それでも肩ほどまでしかなかったはずなのに。

「い、一体どうなっているの!?」

何がなんだか分からず混乱したマージョリーが小さく叫んでいると、ガチャリとドアが開く音がした。

「まあ、マージョリー殿下！　こんなに早くお目覚めになられたのですか!?」

ドアの向こうから現れたのは、マージョリーのかつての専属女官エイダだった。マージョリーの二歳年上だった彼女は伯爵令嬢で、マージョリーの乳母の娘でもあった。

「エ、エイダ……！　まあ、なんて久しぶりなのかしら！　元気そうで良かったわ！」

懐かしい顔に思わず笑顔になって駆け寄ると、エイダの方は戸惑った表情になる。

「久しぶりって……寝ぼけておいでですか？」

「え……」

「ああ、何か夢でもご覧に？　毎日見ているこの顔を見て、久しぶりだなんて！　ふふ、どんな夢をご覧になっていたのですか？」

エイダはクスクスと笑いながら、持っていた水瓶と盥（たらい）をナイトテーブルの上に置いた。

「夢……？　寝ぼけて……」

「そうですよ。いつも私が起こしてもなかなか起きてくださらないのに、こんなに早く起きていらっしゃるから、どうしたのかと驚いてしまいましたわ。夢か現（うつつ）か分からなくなるくらい鮮明な夢だったのでしょうね」

「そんな、何を言っているの、エイダ……！　モランは戦争に負けて、私はレーデに嫁いだじゃないの！」

混乱して額を押さえつつマージョリーが言えば、エイダはきょとんとしてこちらを振り返る。

「レーデ？　レーデって、どこかの国の名前です？　戦争ですって？」

「あなた、何を言っているの？　レーデと我が国は、数年前に大きな戦争をしたでしょう……」

そんなことも忘れてしまったのかとエイダに説明しながら、マージョリーはハッと気がついた。

（……そうよ。あの戦争で、エイダの父親であるレントン伯爵と長兄のカーティス卿が亡くなったのだったわ。伯爵夫人は哀しみのあまり床に臥してしまって、エイダは看病のために女官を辞して故郷に帰ったはず……）

伯爵夫人は幼い頃自分の世話をしてくれた乳母だ。そんな恩人が寝込んでしまって、マージョリーもとても心配になったのだ。

それから間を置かず戦争が終結し、マージョリーはレーデに嫁いだ。その後のエイダの消息は知らないけれど、占領された王城に好き好んで再出仕する人はそんなにいないだろう。

（ならなぜ、エイダはここにいるの……？）

マージョリーは呆然と女官の顔を見つめた。

エイダの丸い顔はふっくらとあどけないほどで、ちっとも老けた様子はない。

（それどころか……少し、幼くなっているような……）

最後に見たエイダは、二十歳だっただろうか。戦争で父と兄を喪い、憔悴（しょうすい）していたためか、今よりもずっと大人っぽかった気がする。

マージョリーの言葉に、エイダは大袈裟に目を見開いた後、カラカラと笑いだした。

「まあ、マージョリー様ったら、まだ寝ぼけていらっしゃるのですね！　さあ、そろそろ目を覚ましていただかないと。今日は特別な日なのですから！」

水瓶から盥に水を注ぎ入れながら、エイダはこちらに意味深長な視線を投げてきた。

「と、特別な日？」

その眼差しの意味が分からず首を傾げたマージョリーに、エイダは「まあ！」と叫んで盛大に呆れた顔になる。

「マージョリー様ったら！　ご自分のお誕生日をお忘れですか⁉　今日で十八歳！　成年になられたのですよ！」

「じゅ、十八歳ですって⁉」

マージョリーは悲鳴のような声を上げた。

十八歳と言えば、三年前だ。誕生日ならば、戦争が起きる半年前になる。もちろん、レーデに嫁ぐ前である。

（どういうことなの⁉）

エイダの言葉が本当なら、マージョリーは三年前に時を遡（さかのぼ）ったということになる。

とても現実とは思えないが、エイダは嘘を言うような娘ではないし、実際に彼女の見た目も鏡に映った自分も、ちょうど三年前くらいの姿に見える。

「さあ、今日は忙しくなりますよ。なんといっても、この国の王太子であられるマージョリー様の成年式が行われるのですから！　さあさあ、早く顔を洗ってください！」

愕然としているマージョリーを他所に、エイダがテキパキと準備を始める。

彼女に促され、マージョリーは水盥に向かいながらも、頭の中は混乱を極めていた。

（わ、私、夫に殺されたはずだったのに……、目が覚めたら三年前に戻っていたって、本当に、一体全体どうなっているの……!?）

＊＊＊

マージョリーはぐったりとベッドに横たわってため息をついた。

「つ、疲れたわ……。なんて大変な一日だったのかしら……」

結局あれ以来、マージョリーにゆっくり考える暇は少しも与えられなかった。

エイダの言った通り、今日はマージョリーの誕生日で、それを祝う式典が行われたからだ。モラン王国では、十八歳から成人とされている。国の王太子の成年式となれば盛大かつ厳かに行われるのは当然で、今日は休む暇もなく公務に追われる怒濤のような一日となった。

　全ての行事をこなして自室に戻ることができたのは、夜もとっぷりと更けた頃だった。疲れすぎて湯浴みをするのも億劫だったが、女官たちに手伝ってもらってなんとか身をきれいにし、こうして一人になることができた。

　今日あったことを頭の中で振り返りながら、マージョリーはゴロリと寝返りを打つ。

（……私が三年前に時を遡ったのは、やはり本当のことのようだわ……）

　成年式は過去に経験した通りに行われ、そこで起こった出来事もほぼ同じだった。

（成年式に招かれた他国の大使たちからの挨拶も記憶と同じだったもの）

　あの悲惨だった戦争やレーデに嫁いだことが全て夢だったのかもしれないと思ったりもしたが、式典でトロル国の大使が躓いて転びかけるといったハプニングまでしっかり起こったのだから、同じ日を繰り返していることは間違いない。

（何がなんだか分からないけれど、これが現実だというなら受け入れるしかないわ）

　戦争以降、マージョリーの人生は苦難続きだった。かの国へ嫁いでからというもの、まともな生活が送れなかった。住居は雨漏りするほど古く、食事は毒入りだし、使用人にまでばかにされていた。だが殺されるよりマシだと思えば、どんなことにだって前向きになれるものだ。

　マージョリーはこれまでの経験から、どんなに辛いことが起きても決して取り乱さず、現実を受け止め、先に進む胆力がついた。

（泣いていても現実は変わらないもの。泣くより先に現実を少しでもマシにするための行動を起こす方が建設的じゃないの）

端的に言うなら、度重なる困難のせいで、年齢のわりに妙に肝が据わった女性になったのである。

だから今のこの不可思議な状況も、それほど苦労なく受け入れることができたのだ。

「そうと決まれば、まず状況を整理しなければ……」

マージョリーはがばっと身を起こすと、ベッドから降りてライティングデスクへと向かう。抽斗から紙を取り出し、インク壺の蓋を開けてペン先を浸し、整理した事項を書き出していった。

「一つ、遡ったのは三年前であること」

マージョリーは頭の中で今日会った人々との会話を反芻する。

「二つ、……どうやら、遡ったのは私だけであること」

まだ会っていない人たちもいるから確定ではないし、過去に起こったこと全てを記憶できているわけではないから、細かなことまでは分からないけれど、父王をはじめとする周囲の人々の行動は一度目の時とおおむね同じだったように思う。

「三つ、私が一度目と違う行動をとれば、二度目の人生が少し変わる可能性があること。

今朝のエイダとの会話は、最初の時にはなかったものだもの」

だとすれば、これはチャンスだ。

マージョリーはグッとお腹に力を込め、ゆっくりと瞼を閉じた。

眼裏に浮かぶのは、夫であったギードの顔だ。こちらを見下ろす赤い瞳は冷徹な光を宿し、表情のない美貌はゾッとするほど冷酷に見えた。

『……いいえ、やはり、許さなくてもいい。どうか、死んでください。……僕のために』

今なお、耳の奥でこだまする彼の声に、心臓がぎゅっと掴まれたようになる。

（ギード……、あなたにまで、死を望まれていたなんて……）

彼だけは違うと思っていた。ギードだけはマージョリーを家族のように慈しんでくれているのだと。

誰一人として味方のいないマージョリーにとって、ギードは唯一の救いで、温もりで、愛――そんな存在だったのだ。

（……でも、あなたにとっては違ったのね……）

きっとギードもまた、レーデの他の人々と同じように、敗戦国の王女（マージョリー）を疎ましく思っていたのだろう。

「……それでも、自ら手を下してくれたということは、少しは情があったのかもしれないわね……」

それを喜ぶべきなのだろうか、と思ったけれど、すぐに苦笑して首を振った。

(正直なところ、夫に殺されたことを喜ぶほどお人好しにはなれないわ。……でも、ギードも気の毒だったのよね。私なんかと結婚させられて……)

レーデ人にとって、結婚相手はとても重要だ。

『私たちの持つ魔力には相性があるのです』

そう教えてくれたのは、ギードの乳兄妹のエルナという女性だった。

魔力の相性が悪い相手と結婚しても子どもができにくくなるため、レーデ人は魔力の相性で結婚相手を選ぶのだ。それだけ聞くと愛情もない相手と結婚するなんて、と思ってしまうが、生き物の本能なのか、彼らは魔力の相性が良い相手に対して、非常に強い愛情を抱くのだとか。

なんと、自分の配偶者に近寄る異性を殺してしまうことも少なくない話なのだ。

『相性がピッタリの唯一無二の相手が必ず存在します。その運命の相手を、〝片翼〟と呼ぶのです』

そう語るエルナはうっとりと夢見るような表情だった。彼女もまたレーデ人らしく『片翼』に出会うことを夢見ていたに違いない。

愛が重く深いレーデ人は、己の『片翼』を見つけると、浮気や心変わりといった裏切りは決してしないいし、相手にも許さない。

それが魔力を持つ者の性なのだろう。

レーデの人々の愛とは理屈ではなく本能に近いのだ。

それを聞いた時、マージョリーはあることに気がついて愕然とした。

――魔力を持たない自分は、ギードの『片翼』にはなり得ない。

つまり自分はギードの形だけの配偶者でしかないということだ。

（もしも、もっと早くにその事実を知っていたら、何か違ったのかしら……？）

ギードを愛しても報われないのだと、彼を愛する前に知っていたなら――。

そう考えて、マージョリーは自嘲の笑みを漏らした。

（……ばかね。たられればなんて、意味のない想像だわ）

マージョリーは形だけの夫に、報われない恋をした。そして破滅した。

今はもしもを想像するのではなく、真実を見据えてそうならないように努力しなくてはいけない時だ。

考えてみれば、ギードがマージョリーを殺したいと思うのは当たり前のことだったのかもしれない。政略結婚とはいえ『片翼』でもない相手との結婚なんて、不本意に決まっているのだから。

敗戦国の王女など誰も娶りたくはなかったのに、王族でありながらとある事情から疎まれる存在だったギードに、その白羽の矢が立っただけだ。

（……きっと彼は優しいから、我慢して私の傍にいてくれたのね。積もりに積もった我慢の限界が来て、私を殺してしまったのかも……。でも、ギードが鬱憤を晴らすために誰かを傷つけるなんて……なんだか想像がつかないわ）

マージョリーはギードが怒るのを見たことがない。強大な魔力をその身に秘めているらしいのに、怒りを見せることがまったくないから、周囲からばかにされていたくらいだ。ある時など「第五王子は絶対に怒らない腰抜けだから、何をしてもいいんだ」と使用人が言っていたのを聞いたことがある。

その時も、腹を立てて抗議しようとしたのがマージョリーで、それを止めたのがギードだった。

『僕は何を言われても構いません。それよりも、君が彼らに因縁をつけられて酷いことをされる方がずっと悲しいです』

美しく赤い目に涙を溜めて説得され、マージョリーは胸がぎゅっとなった。自分が傷つくよりも他者が傷つくことを恐れる、愚かなほどに優しい人なのだ。

そんなギードだから、きっとマージョリーを殺さねばならないほどの事情があったに違いない。

「……もしかしたら、本物の『片翼』が見つかった、とか……？」

だとすれば、偽物の配偶者であるマージョリーがいては困るのは当然だ。優しいギードが本来慈しむべき存在を無視できるわけがない。

　そしてマージョリーは敗戦国の王女で、第五王子のギードの配偶者という立場があるから、かろうじて生存を許されている状況だった。

「ギードに見放されたら、私はきっと嬲り殺しにされていた」

　疎まれるばかりのあの国で、口にも出したくないような凄惨な死に方をさせられただろうことは、想像に難くない。

（だから、ギードはそうなる前に自らの手で私を殺したのかもしれないわね……）

　あくまで推測にすぎない。けれどこれならいろいろと納得がいく。

（となれば、こうして時間を遡った私がすべきことは、たった一つ……！）

　マージョリーは両手をグッと握り締めて、紙の上でペンを滑らせる。

「四つ、過去と同じように物事が進むとしたら、半年後にはあの戦争が起きてしまう」

　全ての悲劇は、あの戦争から始まってしまったのだ。

「それなら、私が戦争を止めてみせる……！」

　戦争が起こらなければ、モランは敗戦国とならず、マージョリーはレーデへ嫁ぐこともなかった。すなわちギードに出会うこともないのだ。

（つまり、ギードが私を殺す理由もなくなるということ）

　ギードがマージョリーを殺した理由がなんであれ、マージョリーだって殺されたかったわけではない。死を覚悟して嫁いだといっても、できるならば生きていたいと望む程度には、生に執着を持っていた。

(何がどうなって時間を遡ったのかまったく見当もつかないけれど、せっかくやり直せる機会をもらったのだもの。今度こそ、生き延びてみせるわ……！)

そして願わくは、優しくて愚かな元夫にも、幸福が訪れると良い。

不本意に娶らされた自分などではなく、本物の『片翼』と出会い、愛し愛される人生を送ってほしい。

「ギード……、あなたもきっと、私のいない人生を望んでいるわよね」

二度目の人生では出会うことのない元夫に、マージョリーは静かに微笑んで呟いた。

頭の片隅に、美しい夫の笑顔が浮かぶ。

滅多に表情を変えない彼は、マージョリーと二人だけの時には、とても優しい顔で笑ってくれたのだ。

甘く切ない恋情が胸に広がりそうになり、マージョリーは慌てて頭を振ることで、それをかき消した。

第二章　頭のそれ、なんですか……？

モランの首都ナフタラは、南の大陸一大きな都市だ。

西に大きな貿易港を持つため、様々な文化の交じり合う場所でもある。文化の交流地点は賑やかな反面、混沌とすることで暴力や犯罪が増えるというけれど、ナフタラは違う。民がモランの制定した国際法を誇りに思い、それを遵守する誠実さを持っているため、大都市でありながら大陸一治安が良い街と言われている。

肌や髪、目の色まで様々な人々が入り混じって、争うこともなく平和に暮らしていることの街を、マージョリーは誇りに思っていた。

大通りに出店が立ち並び、行き交う人々でごった返している今日は、月に一度の大市場（おおいちば）が立つ日だ。商人たちの威勢のいい掛け声や人々の笑い声などを聞きながら、マージョリーはその賑やかな景色に目を細めた。

「やはりナフタラはこうでなくては」

頭をよぎるのは、レーデ軍の魔導術攻撃で崩壊したナフタラの姿だ。伝統的で美しい建築物は瓦礫の山となり、街の人々の死体が至るところに転がっていた。中には幼い子どもたちの姿もあった。

(あんな光景はもう二度と見たくはないわ……)

この国を守るために、マージョリーは今自分にできることを必死で探していた。

こうして城下町へ忍んでやって来たのは、自分が守るべきものをこの目でしっかりと確認するためだ。

(これが私の守るべきもの……)

賑やかな光景を目に焼き付けるようにして、マージョリーは市場をそぞろ歩いた。

「そこの可愛いお嬢さん！　飴芋はどうだい？　甘くて美味しいよ！　ナフタラに来たなら、マルタ芋を食べなきゃ！」

前を通りすがった出店で声をかけられ、そちらに目を向ける。すると串に刺した芋を手に、店主がニコニコと笑っていた。

「……飴芋。懐かしいですね」

素通りすればいいのに、思わず反応してしまう。なぜなら、甘いマルタ芋はマージョリーの好物だったからだ。

素揚げしたマルタ芋に飴をかけた『飴芋』はナフタラの名物だ。

その昔、ナフタラを襲った大飢饉を、聖者マルタがこの芋で救ったことから名物となったのだ。

マージョリーの反応に、店主が嬉しそうに相好を崩した。

「おっ、お嬢さんナフタラは久しぶりかい？」

まさか相手がこの国の王女だとは思いもしないのだろう。親しげにそんなことを問われ、マージョリーはクスリと笑った。

「……そうなんです。ここは相変わらず賑やかですね」

「そりゃそうだろう！　ここは天下のモラン王のお膝元だからね！」

店主が自慢げに胸を張る姿に、気が引き締まった。

平和を謳歌するモランの民たちは、その平和をもたらした王家には親愛と共に大きな信頼を置いている。だからこそ、自分たちはその期待に応えなくてはならないのだ。

「飴芋、美味しそうですね。一ついただけますか？」

「おっ、ありがとね！」

マージョリーが手提げ袋からお金を取り出していると、隣から小さな手が伸びてくるのが見えた。

「あめいも、ひとつ、くらたい」

たどたどしい声の主は、三歳くらいの幼い男の子だった。

（まあ、こんなに小さな子が一人で……？）

いくら治安がいいとはいえ、こんなに人出が多い日に言葉も覚束ないような幼い子が一人でウロウロするのは危なっかしい。親がどこかにいるのだろうか、と周囲を見回したが、それらしき人は見当たらなかった。

店主も奇妙に思ったのか、小さく首を捻っている。

「坊主、一人かい？　おっかさんは？」

問いに、男の子は首を横に振るだけだ。そして背伸びをして店主に向けて手を伸ばした。もみじの葉のような掌の上に、一枚の硬貨がのっている。

それを見てマージョリーはハッとなった。男の子が持っている硬貨は銅貨よりも価値が一桁低いものだ。これではきっと足りないはずだ。

案の定、店主が困ったように言う。

「坊主、すまねえが、その金じゃ飴芋は買えねえんだ。おっかさんとこ行って、銅貨を一枚もらっといで」

断られると、男の子はしょんぼりと眉を下げ、上げていた手を下ろした。そのつぶらな目にうっすらと涙の膜が張っているのを見て、マージョリーはいてもたってもいられず、声をかけた。

「ねえ、ぼうや、お姉さんの飴芋をもらってくれないかしら？」

知らない人から突然話しかけられたせいか、幼児はきょとんとした顔をする。そしてマージョリーと店主の顔を見比べた後、おずおずと「いいの？」と言った。

「ええ、たくさん買いすぎて困っていたのよ。もらってくれるとありがたいわ」

店主に目配せをしながら答えると、男の子はパッと顔を輝かせた。

「うん！　いーよ！　ぼく、もらう！」

まだ言葉の裏を読むことを知らないのだろう。額面通りに捉え、無邪気に請け負う子どもが可愛くて、マージョリーは微笑んだ。そして店主に再び目配せをして、「飴芋、三つお願い」と口だけを動かして頼むと、店主はやれやれというように肩を竦めた。だが何も言わずに飴芋を三つ包み、それを男の子に手渡してやる。

「ほらよ、坊主。お姉さんにちゃんと礼を言いな」

店主に促され、男の子はこくんと律儀に頷いてから、マージョリーを見上げる。

「……あんがと、おねたん」

「いいのよ。お母様と一緒に食べてね」

飴芋を三つにしたのは、男の子とその母の分、それと念のためのもう一つだ。

マージョリーの言葉に、男の子は嬉しそうに頷いた。

「うん！　おかたん、おかぜ、しんどぃの。あめいも、おいしーからねぇ」

子どものたどたどしい説明に、マージョリーは目を細める。おそらく母親が眠っている間に家を抜け出してきたのだろう。きっと今頃心配しているに違いない。

「お母様、きっと喜ぶわ。早く見せてあげてね。気をつけて帰るのよ」

頭を撫でてそう言うと、男の子は照れくさそうにはにかんだ後、大事そうに飴芋を抱えて走り出した。

てちてちと走る後ろ姿を見送りながら、マージョリーはなんだかハラハラしてしまう。

「あの子、ちゃんとお家に帰れるかしら」

「大丈夫でさ。あれはこの辺の子だから、なんかあっても近所の大人が手を貸しますよ。それよりもお嬢さん、あんたずいぶんとお人好しだねぇ。見ず知らずの子どもに奢ってやるなんて」

「だって、あんなに幼い子が飢えているのかも、と思ったら……」

当然のことを言ったつもりだったが、店主は面妖なものを見るような目をしてポリポリと頬を掻いた。

「はぁ、まぁ、そりゃそうですけど。……なんか、お嬢さん、良い所の家の人なんでしょう？　気をつけねぇと。さっきみてえに、往来でホイホイ見ず知らずの子どもに奢ったりしない方がいい。世の中にゃ、金を騙し盗ろうとする連中がウヨウヨしてるんですから」

諭されて、マージョリーはびっくりしてしまう。

「まあ、あんな小さな子が人を騙すようなことをするわけがないわ」

すると店主は「うーん」と唸り声を上げて苦笑いを浮かべた。

「……まあ、俺はちゃんと金を払ってもらええさえすりゃ、どんな金の使い方をされようが構やしませんがね。……あ、三つで銅貨三枚ですよ」

ぞんざいに手を差し出され、マージョリーは慌てて手提げ袋を探る。飴芋の代金をまだ支払っていなかった。

だがマージョリーが銅貨を探し出すより早く、背後から伸びてきた手が店主に金を手渡してしまう。

「釣りは要らない」

頭上から降ってくる低く艶やかな声に、マージョリーの心臓がドクンと音を立てた。

それはとても聞き覚えのある声だった。

（――嘘。嘘でしょう？　だって、この声は……）

ぐらりと眩暈がする。この声を、夢で何度も聞いた。

この声で名前を呼ばれるのが好きだった。彼の穏やかでゆっくりとした口調は、聞いているこちらも優しくなれる気がしたから。

「えっ、でも、これ、金貨……」

「構わぬ」

「あっ、ありがとうございやすっ！」

声の主が店主と会話をしている間も、マージョリーは顔を上げられずにいた。

（嘘よ……これは夢だわ）

頭の中が恐慌状態に陥る。だって、いるはずがないのだ。一度目の人生では、今の時期は彼とはまだ出会っていなくて、この先も出会わないようにしようと心に決めていたのだ。

それなのに、どうして――。

「マージョリー」

低い声に名を呼ばれ、マージョリーはビクッと肩を揺らした。

（……そんな、まさか……）

どうかあの人ではありませんように、と必死に祈りながら、おそるおそる顔を上げる。

マージョリーの背後に覆い被さるようにして立っていたのは、大柄な青年だった。旅装なのか、黒いマントを羽織っている。頭にはフードを被っているけれど、その輝かんばかりの美貌は隠しきれていなかった。

フードの隙間から見えるのは、鴉（からす）の羽のように艶やかな黒髪だ。白皙（はくせき）の肌は大理石のように滑らかで、精悍な輪郭の中には一つひとつが完璧な形をしたパーツが、左右対称の位置に嵌（は）め込まれている。中でもその瞳は取り分け目を引いた。世にも珍しい真紅の瞳は、まるで極上の紅玉（ルビー）のようだ。

レーデの人たちからは「血色の目」だと言われ恐れられていたが、マージョリーはこの瞳を見るたびに、春の野で見つけた野いちごを思い出していた。

真っ赤に熟れた小さな果実は愛らしくて美しく、どこか初々しい感じが、彼によく似合っていると思っていたのだ。

その野いちご色の瞳が、まっすぐに自分を見つめている。

（……ギード）

ギード・ヤーコプ・レーデ。

マージョリーの夫――一度目の人生でマージョリーを殺した男が、目の前に立っていた。

（なぜ……どうして、ギードがここに……？）

ギードがここにいるはずがない。ここはモランで南の大陸だし、そもそもレーデ人がここへやって来るのは半年後のはずだ。

（えっと、つまり、レーデの侵攻が早まったということ？　それとも私が知らなかっただけで、この時期から密かに内偵が動いていたということかしら？　でも待って、ギードは「役立たずな王子」と言われていて、政治にも軍事にも介入させてもらえていなかったはずよ。それなのに、どうしてモランへ来ているの!?　それに、私たちはこの時期に会ったことはなかったはずなのに！　どうしよう、どうしたらいいの!?）

今世ではギードと出会うつもりはなかった。

彼は『片翼』と結ばれるべきだからだ。偽物の妻であったマージョリーの存在など、彼にとっては邪魔者以外の何物でもない。

（でも、ギードは一度目の人生の記憶がある……）

今世では初対面のはずなのに、名前を呼んでいたから間違いない。

ならば目の前のこの男は、自分を殺した張本人ということになる。

（――どういうこと？　あなたは、また私を殺しに来たの……？）

喉元まで出かかった問いを、唇を引き結んで呑み込んだ。

彼の意図がなんであれ、こうして接触を図ってきた以上、逃げるの一択だ。

ギードが幸せになるためならば、自分が死んでもいいと思ったこともある。けれどマージョリーはモランの国を継ぐ王太子だ。王は国のため、すなわち民のために存在する。

先ほど見たナフタラの賑わいや、飴芋を喜んでいた幼子を思い出す。

（私は、民を守らなくてはならないわ）

だから、まだ死ぬわけにはいかない。ギードに殺されるわけにはいかないのだ。

（逃げなくては！）

そう頭では思うのに、身体はピクリとも動いてくれない。視線は縫い留められたようにギードに向けられたままだ。

「どうした？　なぜ何も言わない……？」

赤い目をスッと細めてギードが言った。そうするとまるで睨みつけられているかのようで、マージョリーはビクッとなってしまう。

蒼褪めた顔で立ち尽くすマージョリーを見て不審に思ったのか、店主が二人の顔を交互に見比べた。これまでの言動から察するに、この店主はわりとお節介な気質なのだろう。ギードの顔色を窺いつつ、そっと声をかけてきた。

「あのぉ……念のため訊きますが、お嬢さん、この旦那とは知り合いです？」

他の人の声でハッとなったマージョリーは、咄嗟に首を横に振った。店主は「やっぱりナンパかぁ」とため息をついてギードに向き直った。

「旦那ぁ、ナンパはもうちょっと上手くやんなよ。お嬢さん、困っちゃってるよ」

その瞬間、低く唸るような声が響く。

「黙れ、痴れ者が。誰に向かってものを言っている」

ゾッとするような迫力のある声色に、息を呑んだ。

「お前如き矮小な輩が声をかけること自体、無礼千万」

吐き捨てるように言って、ギードがものすごい目をして店主を見つめた。睨んでいるわけではなく、目を大きく開いて凝視しているのだが、これが非常に恐ろしい。まるで獰猛な肉食獣が獲物を見つけて襲い掛かる瞬間を見定めている時のような表情だった。

獲物にされた店主は、「ヒッ」と息を呑んで身を縮こまらせている。彼は何も悪いことをしていないのに、気の毒すぎる。

マージョリーもまた、今のギードを恐ろしいと思っていたが、目の前で自国の民が理由なく脅かされている状況に黙っていられるわけもない。

戦慄(わなな)きそうになる身体を叱咤(しった)して、キッとギードを睨みつける。

「ご店主は私が困っているのを見かねてああ言ってくださったのです。無礼だと言うならば、私に言ってはいかがです？」

声が震えないように注意した結果、とても強い口調になってしまった。

これで逆上されたらどうしようという恐れが頭をチラリとよぎる。

（この人は確かにギードだと思うけれど、なんだか変だわ……）

記憶の中のギードはとても穏やかで優しい人だった。妻であるマージョリーにも常に丁寧語で喋(しゃべ)ってくれていたほどだ。

それなのに目の前のこの人は、なんだか言葉遣いも態度もやけに横柄で高圧的な上に、妙に仰々しい。父王ですらこんな大袈裟な言葉は使わないだろう。

この人は本当にあの素朴だったギードなのだろうかと疑問が湧いてくる。

（でもこの美貌……間違いなく彼よね。多分、だけど……）

こんな絶世の美男子がもう一人いたとしたら驚きだ。ギードが双子という話は聞いたことがないし、マージョリーの名前を呼んだことからしても、やはりこれはギードなのだと思う。ものすごく違和感があるけれど……。

そんな違和感もりもりのギードなら、マージョリーの言葉に逆上してもおかしくない。

覚悟を決めてお腹に力を込めていると、彼がグッと眉間に皺を寄せた。

（こ、これは、逆上する……⁉）

と息を詰めた瞬間、ギードがワタワタとし始めた。

「ち、違う！　私が言いたかったのは、この者のそなたに対する態度が不遜だということだ！　決して私に対するものではない！」

必死に言い訳をされて、マージョリーはポカンとしてしまう。

呆気に取られて言葉を失っていると、ギードはマージョリーの両手を取ってぎゅっと握ってきた。

「私以外の男にあのような気安い物の言い方を許すなど……！　そんな様子を見せられて、この私が嫉妬しないはずがないではないか。ああ、マージョリー、どうか私を苦しめないでほしい。このままでは私は嫉妬に駆られて、あの者を消し炭にしてしまいかねない」

「消し炭……」

懐かしい単語に思わず鸚鵡（おうむ）返しをしたが、店主の「ヒィ」という悲鳴で我に返る。

ちょっと頭の中に過去の記憶が蘇ってしまったが、思い出に浸っている場合ではない。

「あ、あの、困ります、そんな……初対面の方にそんなことを言われても、困惑しかないです」

マージョリーが言うと、ギードは一瞬絶句した。

「……なんだと？　初対面？」

「そ、そうです」

あまりに愕然とした顔をするので、こちらの方が驚いてしまう。

ギードはギュッと眉間に皺を寄せると、なにやらぶつぶつと言い始めた。

「どういうことだ？　童謡の歌詞は主語が複数形だった。だからてっきりあれは施術者と媒介者の両者をもってして『術者』とするのだとばかり……」

「童謡？」

内容はさっぱり理解できないが、聞こえた単語を鸚鵡返しにすると、ギードは生真面目に答えてくれる。

「レーデで誰もが知る建国の魔王誕生を歌ったものだ。禁術についても言及されている」

「へ、へえ……」

説明されたけれどやはりよく分からなかった。

「ええと、とにかく、私の勘違いでなければ、あなたとは初めてお会いしたのだと思いますけれど」

さりげなさを装って初対面を強調しながら、マージョリーは目まぐるしく頭を働かせていた。

（記憶なんてないフリをするのよ、マージョリー！）

なにしろ、相手は自分を殺した犯人である。何をしにマージョリーの前に現れたのかは分からないが、予想外の出来事すぎてなんの対策も講じられていない今は、相対するべきではないだろう。

(とにかく速やかにギードから離れることが先決よ……！)

今のマージョリーは甚だしく気が動転しているし、お忍びでやってきたせいで供もいない。もしギードが殺そうとしてきても、戦闘能力皆無の自分では為す術がない。

「では、一度目の人生の記憶——私の妻であった記憶は？」

訊ねられて、マージョリーは思わずキュンとしてしまう。

最愛の夫だった人の口から『私の妻』と断言するように言われて、なんだか無性に喜びが込み上げてきたのだ。

(だ、だめよ、マージョリー！　喜んだりしちゃ！)

一度目の時のマージョリーは、自分がギードの『片翼』にはなれないというジレンマから、『ギードの妻』という立場に縋るようにして生きていた。彼が真実の愛を捧げる相手ではないけれどれっきとした妻なのだ、と思うことで自分を鼓舞していたのだ。

(と、ときめいてしまったのは、一度目の感覚が残っているからよ！　それだけなんだから！)

そうでなければいけない。でないと、自分を殺した相手にときめくおかしな人間になってしまうではないか。

マージョリーは自分を叱咤するためにも、思い切り怪訝な顔をしてやった。

「まあ、あなた、一体何を言っているんです？　妻？　私は未婚です！」

我ながらすっとぼけたものだとは思うが、ここはしっかりと演技をしておかなくてはならまい。その甲斐あってか、ギードは疑うことなく「そうか」と頷いた。

「……術者への副作用、ということか？　……なるほど……」

ぶつぶつと呟いているが、疑っている様子はない。

そのことにホッとしつつ、マージョリーは摑まれている手をクイッと引っ張った。

「あの、手を放していただけますか？」

「……っ、すまない」

マージョリーの目が冷たいことに気づいたのか、ギードはパッと手を放した。

「あの、失礼かもしれませんが、知らない殿方にこんなふうに触れられれば、女性は大抵怯えるものです。……あなた、無作法ですわ」

マージョリーは顎を上げ、できるだけ冷たい口調を心がけた。

（高飛車(たかびしゃ)で嫌な女に見せなくては！）

マージョリーが避けたいのはギードとの結婚だ。レーデとの戦争を回避する、もしくは勝利するというのがその方法だと思っているが、その前になぜかこうして彼に出会ってしまった。なぜそんなことになったのかは分からないが、なんとなくギードが自分に会いに来たのではないかと予想していた。

（私のことを名前で呼んでいたし、なにより一度目には来たはずがないモランにやってきているのだから）

魔導術を上手く使えないギードは、「役立たず」と呼ばれて離宮に閉じ籠もる生活をしていて、レーデはおろか、王城から出たことがほとんどないと言っていたのだ。

一度目の人生で自らの手で殺した妻に会いに来る理由は見当もつかないが、店主が『ナンパだ』と言っていたように、彼の言動は、なんだかこちらへの好意を窺わせる。

けれどその好意を素直に受け取るわけにはいかないマージョリーである。

苦肉の策としてギードがもう二度と会いたくないというくらい、嫌な女を演じようと考えたのだ。それで結婚が回避できるかは不明だが。

マージョリーはこれみよがしにため息をつくと、ギードから一歩下がって距離を取り、手提げ袋から硬貨を取り出して店主に渡す。

「これ、私の分の代金ですわ」

マージョリーの渡した硬貨は銅貨三枚だったから、店主はちょっと情けない顔をしたが、それでも文句を言わずに受け取ると、代わりに金貨をギードへ差し出した。

「ええと、すいやせんね、旦那。お嬢さん本人からいただいたので、これはお返しします」

するとギードは受け取らず、無表情のまま一瞬沈黙した。

「……それは彼女の分の代金だ」

「私にはあなたに奢っていただく理由がありません。私はちゃんとお金を持っていますし、見ず知らずの男性にお金を払わせるような真似はしません」

ツンと顎を反らしてそう言うと、にっこりと店主に微笑みかける。

「とても美味しそうな飴芋をどうもありがとう」

実際に食べたわけではないので、妙なお礼の言い方になってしまったが、ここは仕方あるまい。とにもかくにもとっとと退散、と踵を返そうとした時、ずおおお、という不可思議な音と共に、足元から突風が吹いてきた。

「え？」

驚いて周囲を見ると、なんとその突風は隣に立つギードから吹き出している。

「えっ？　ええっ!?」

人間から風が吹き出すなんて聞いたことがない。

これはどういう現象なのか。

頭の中が軽く混乱してしまう。目の錯覚なのでは、とパチパチと瞬きをしている間に、ギードがゆらりと腕を動かして店主にその指先を向けた。

「おのれ、矮小な虫けらが、よくも……」

地を這うような低い声は、まるで呪いの言葉を吐く悪魔のようだ。ギードから吹き出す風は徐々に勢いを増し、彼が身に纏う黒いマントをバタバタと揺らした。

「路傍の石塊の分際で、我が妻の微笑みを受けるなど……身の程を弁えろ」

傲岸不遜極まりない台詞を吐いたギードの手が、赤黒く発光し始める。

それが何かなど知らないが、攻撃をしようとしていることは分かった。

「ちょ……ちょっと、やめてください……！」

焦るマージョリーを他所に、ギードの手から放たれる光がどんどん強くなっていく。

「ヒィ……！　お、お助けをォォオ！」

店主はもう半泣きを通り越して、鼻水を垂らして号泣している。気の毒すぎる。

「消し炭にしてやる……！」

ギードの宣言に、マージョリーはカッとなった。

させるか、という話である。

善良な自国の民を、訳の分からない理由で消し炭にさせてなるものか。

「やめなさいと言ってるでしょう！」

怒りに任せて叫び、ギードの腕を縋りつくようにして掴む。

すると途端に風はやみ、手から出ていた光も消えた。

おや？　と思って顔を上げると、ギードがじっとこちらを見つめている。白皙の頬がなんだかほんのりと色づいているのは、気のせいだろうか。

「……覚えていないのに、私に触れてくれるのか」

「は？　い、いえ、これは触れたというより、あなたを止めようとしただけで……」

「嬉しいぞ、マージョリー。私の妻……」

マージョリーの言葉など聞いていないのか、ギードが微笑みながら抱き締めようとしてくるので、慌てて飛びのいてまた距離を取った。

「あなたの妻ではありません！」

即答するマージョリーに、だがギードは余裕の表情で艶めいた眼差しを向けてくる。

「……今は、な。だがそなたはこの私、ギード・ヤーコプ・レーデの妻となる運命なのだ、マージョリー」

その運命を回避したいのです！　と心の中で盛大にツッコミを入れつつ、マージョリーは意味が分からないという演技をしてみせた。

「何を訳の分からないことを！　私は穏やかで優しい男性が好みです。あなたのような偉そうで傲慢な喋り方をする人なんて、絶対に願い下げよ！」

ギードを遠ざけようとしてわざと酷いことを言ったが、それはマージョリーの心の声でもある。マージョリーの愛したギードは、ちょっとおどおどしているけれど、穏やかで優しい性格の人だった。こんな傲慢な態度の彼は見ていてあまり気分のいいものではないから、つい本音が漏れ出てしまった。

具体的な罵倒が効いたのか、ギードはショックを受けたように硬直した。つい先ほどまでの余裕はどこへいったのか、オロオロと手を上げたり下げたりし始める。身体の動きは挙動不審なのに無表情なものだから、妙にちぐはぐな印象だ。

「傲慢な喋り方を……私はしているのか……？」

驚いたことにそんな質問をしてくるから、マージョリーは呆れた。

「あなたほど偉そうな人は見たことがありませんけど……」

自覚がなかったということか。

「そ……そうだったのか……」

大柄な背中がしゅんと丸くなる。

その姿に以前のギードを垣間見て、マージョリーはなんだかちょっと可哀想になってきてしまう。

「魔王になってから月日が経ったせいで、こういった物言いが定着してしまったのやもしれぬ……」

「え？　まおう？」

妙な言葉が混じっていた気がして、マージョリーは訊き返した。多分聞き間違いだろうと思ったのに、ギードは至極真面目な顔で頷いた。

「ああ。事情があって魔導術を極めたところ、魔王になってしまったのだ」

「え、まおう？」

よく理解できず、もう一度同じことを訊いてみたけれど、ギードはまたこっくりと首を縦に振った。

「ああ、魔王だ」

「……」

マージョリーは沈黙した。

ギードは真面目な顔を崩さないし、店主は「はわわ」と口元に手を当てている。なんとなく、「この旦那、顔はべらぼうに良いのに残念だ！」と思っているのだろうなと推測できた。

（まおう……魔王って……なんだったかしら……）

マージョリーは目を閉じて記憶を探った。

子どもの頃に読んだ冒険小説などに出てくる悪者が確か魔王と呼ばれていた。

それ以外には、数百年前のモランの建国史にも書かれている。ちなみにそれは古代文字と呼ばれる今では使われていない文字で書かれてあり、魔王の他にも神だの精霊だのがわんさか出てくる。だが現在のモランではそういった現実的ではないものはあまり信じられていない。建国史に関しても、登場する魔王や神といったものは、実際にいた人物を神格化して描かれたものだと考えられているのだ。

（……そういう不可思議なものに対する忌避感情は、曾祖父が起こした『魔女狩り』が原因なのだけれど……）

マージョリーの曾祖父が在位中の頃、禁止されている薬物を使って信者を操る反社会的な宗教が国を荒らしたことがあった。曾祖父はこれを苛烈に弾圧したため、国内外から批判されてしまい退位を余儀なくされた。

代わってその娘である王女メリナが即位したのだが、彼女は彼女の父とは真逆の方向に舵を切ることで体制の立て直しを図った。すなわち、モラン王家は無神論主義を宣言したのである。全ての宗教に対し平等であるためには、そして社会にとって有害な組織を正しく判断するためには、モラン王家はどの組織にも所属しない必要があったのだ。

一国の元首たる王家が神を信じないという姿勢を取ったことから、モランでは神をはじめとする現実的でない現象に対して否定的な風潮が起こり、それは現代まで引き継がれている。

（最も典型的なのは、お父様よね）

女王メリナの息子である父王は、祖父の犯した『魔女狩り』という残虐行為を大いに恥じており、非現実的なことに対して非常に否定的なのだ。

（そのせいでレーデの魔導術を使った攻撃に耐性がなくて、ああもアッサリと敗北してしまったのだけれど……）

とはいえ、今の問題はそれではない。

『魔王』だと自称する目の前の男にどう対処すべきか、ということだ。

（ここは……受け流すのが一番だわ）

いろいろツッコミたいことはあるけれど、下手に突いては良くない気がする。そもそも自分はここから早く逃げたいのだから、ツッコミを入れている場合ではないのだ。

マージョリーは閉じていた目をおもむろに開けると、ギードに軽く会釈をした。

「そうですか。では私は所用がありますので、これで……」

魔王発言には一切触れず、すすっと後ずさるようにして踵を返す。

まずは一歩、二歩と歩いて、三歩目から走りだした。

（さあ、逃げるのよ！）

心の中で自分を鼓舞しながら懸命に手足を動かした。こんなに走ったのは生まれて初めてかもしれない。淑女が走るのはマナー違反だとされるため、マージョリーはあまり走ったことがなかったのだ。慣れない運動にすぐに息が切れ、心臓が痛いほどバクバクと鳴り始めたが、足は止めなかった。身体の悲鳴よりも、ギードから離れなくてはという気持ちの方が強かった。

そうやってどれくらい走ったのだろうか。

（こ、ここまでくれば、もう十分かしら……？）

額に噴き出る汗を拭いつつ背後を振り返ったマージョリーは卒倒しそうになった。

なんと自分のすぐ背後にピッタリと貼り付くようにして、ギードが走っていたのだ。

「きゃあああああ！」

「どうした、何を驚いている」

悲鳴を上げて足を止めたマージョリーにあわせて立ち止まったギードが不思議そうに周囲を見回す。どうやらマージョリーが何かに怯えているのだと思ったらしい。

「驚いたのはあなたが付いてきていたからです！」

「付いてきてはいけなかったか？」

「当たり前ですわ！　うら若き女性の後をつけるなんて、紳士のすることではありません！」

驚いた勢いもあって叱り飛ばせば、ギードはしゅんと眉を下げた。その顔もまた美しいから腹が立つ。その上マージョリーが汗だくになっているというのに、この男は汗どころか息も乱していないから更に腹立たしい。

「そなたともっと一緒にいたかったのだ……」

イヤそんなことを言われても、という話である。

（す、少しキュンと……なんて、してないわ！　決して！）

「私にはあなたと一緒にいる理由はありません！　先ほど言いましたように、私はあなたのような偉そうな喋り方をする男性は、好みではありませんの！」

精一杯イヤミったらしく言ってやると、ギードが即座に頷いた。

「ではこの喋り方は改めよう」

「しゃ、喋り方だけ改められても……！」

「けれど君は今、偉そうな喋り方をする男性が好みではないと言ったでしょう？」

宣言通り、口調をガラリと変えられて、マージョリーは二の句が継げなくなった。

思い出のギードのままの喋り方だったからだ。

最愛の穏やかで優しい夫との美しい記憶が蘇りそうになって、慌ててそれを振り払う。

（だめよ。思い出すのよ、彼に殺された時のことを！）

妻の胸を長剣で貫き、死にゆく様を冷酷な表情で見下ろしていたギードの記憶を無理やり頭の中に思い浮かべて、マージョリーはため息をついた。

「喋り方だけが問題なのではないのです。あなたは――」

もっとキツイいやみを言ってやろうとしたマージョリーは、あるものを見つけて目が点になった。

「あ、あなた、そ、それは、一体……」

フルフルと震える手で指したのは、麗しいご尊顔の上の方だ。

どうやらマージョリーと共に走っている間に脱げてしまったのだろう。フードが外れ、艶やかな黒髪が陽光を受けてきれいな光の環を作っていた。いや、彼の髪はどうでもいい。問題は、その髪の間からにょっきりと生えているものだ。

「あ、あなたの頭から……その、妙な、ものが……」

髪の間からにょっきりと伸びているのは、二本の角だ。デコボコとしていて、丸く曲がった形は羊のそれとよく似ている。

(な、な……なんなのこれ……)

記憶の中のギードには生えていなかった。彼の頭は普通の人間と同じ、つるりとした感じだった。何度も撫でたことがあるから断言できる。角らしき隆起すらなかった。

一瞬、レーデ人は角が生えるものなのだろうかという考えが浮かんだが、一度目の人生の記憶を探っても角の生えた人など見た覚えがない。

(……で、では、被り物？　被り物をつけているということ？　お祭りでもないのになぜ？)

大規模なお祭りでは子どもたちが仮面をつけて楽しんだりするが、大人はあまりしない。異国に来て浮かれているのだろうか。

(た、確かにギードは普段あまり感情の起伏がないのに、嬉しいことがあると子どもみたいにはしゃぐところがあったけれど……！)

　だがしかし、公衆の面前で大の大人が角の被り物をつけるのは少々やり過ぎではないか。

　混乱するマージョリーを他所に、ギードは自分の角に手をやって「ああ」と何でもないことのようにサラリと言った。

「これは生えてきたんです」

「……はい？」

　あまりの返答に恐怖や焦燥といった感情がすっぽ抜け、マージョリーは元夫の無駄にきれいな顔を凝視した。

　聞き間違いだろうか。歯の生え変わりでもあるまいし、頭から角が生えてくると？

　それとも、やはりレーデ人は頭から角が生えてくるものなのだろうか。

「まあいやだ、ご冗談を……。角が生えてきたなんて……」

「冗談ではありません。本当に生えているのです。触って確かめてみてください」

　ギードは少し心外そうな顔で頭を下げ、「ほらほら」というようにこちらに向かって角を突き出してくる。何だこの状況は、と心の中で思いつつも好奇心に勝てず、マージョリーはおそるおそる角に触れてみた。

「……ほ、本当に、生えている……！」

　間近で見てみると、その角は被り物などではなく、本当に彼の頭から生えているのが分かる。愕然と呟いたマージョリーに、ギードは頭を起こして満足そうな顔で言った。

「本当だったでしょう？」

「……え、ええ……」

「抑えていた魔力を解放したら、どうしてかまるちゃんを覚醒させてしまったのです。まるちゃんは変形したかと思うと、黒い霧のようなものになって僕の中に入り込みました。そしたら、これが生えてきたのです。どうやら僕は『魔王』というものになったようです」

「え？　王になる？　魔、王……？」

　情報量が多すぎる。マージョリーは盛大に混乱した。何がなんだか分からない。まるちゃんが目覚めるってどういうことだ。そしてまた魔王が出てきた。レーデでは王のことを「魔王」と呼ぶのだろうか。記憶では普通に「王」と呼んでいた気がするのだが。

（それに、ギードは「役立たずの王子」だもの。王になどなれるはずがない……）

　だがマージョリーの心の裡を読んだかのように、ギードが説明する。

「まるちゃん——守護獣は魔導術師と対の存在です。剣と鞘のようなものと言えばいいでしょうか。剣を鞘に収めることのできる者を魔導術者の王——『魔王』と呼ぶそうです。大袈裟ですよね。僕はただ、レーデの王になりたかっただけなのですが……」

（レ、レーデの、王ですって!?）

　なんてこと、とマージョリーは内心で盛大に嘆いた。

　まったくもってよく分からないけれど、ギードの言うことが本当なら、今生では彼はレーデの王になったということだ。

（元々、膨大な魔力を秘めていると言われていた人だもの。それを上手に表出できないから『役立たず』だっただけで、その表出方法を習得できてしまえば、あの国で誰よりも強い人になったはず……！）

それはレーデにいた頃、マージョリーも密かに「そうだったらいいのに」と願っていたことでもあった。他の王子たちにばかにされ、虐められているギードを見ているのが辛くて、彼が上手く魔導術を使えるようになったらいいのに、と何度思ったか分からない。

だがそれは、モランがレーデに負けてしまった後の話で、今はその前の段階だ。

膨大な魔力を持つギードが覚醒したなら、レーデの攻撃は一度目の時よりも苛烈なものになるかもしれない。

（大変だわ……！）

早急に対策を講じなくては、と蒼褪めていると、ギードに名を呼ばれた。

「マージョリー」

「な、なんでしょう？」

「覚えていないかもしれないけれど、君は僕の妻なのです」

「……あなた、どこかで頭をぶつけたのでは？　私は未婚だと言ったはずです」

やれやれと肩を竦めて否定すると、ギードは何かを言いかけて、やめた。

（……？）

何を言いかけたのだろう、とマージョリーが見つめていると、ギードは長い睫毛を伏せた後、気を取り直したように再び口を開いた。

「……そうですね。君にとっては、そうでしょう。でも僕にとっては、君は妻です。……それは永遠に、変わることはありません」

そう語るギードの赤い目が、一瞬昏く翳ったように見えたのは気のせいだろうか。

マージョリーは眉根を寄せる。

（どういう意味なの……？　それに、どうして私が妻になることにこだわるのかしら……）

一度結婚したら、他に妻を迎えることができない、ということなのだろうか。

だが時間が巻き戻った今なら、マージョリーはまだ彼の妻になる前だ。

彼にとってみても、偽物の妻ではなく本物の『片翼』を選んだ方がいいはずだ。

そう思った瞬間、頭の中に自分以外の女性が彼の隣に立つ姿が浮かんで、ツキンと胸が痛んだ。思わず手で胸を押さえてしまい、マージョリーはハッとなる。

（い、いけないわ。しっかりするのよ、マージョリー！）

ギードへの思慕で自分を見失っている場合ではない。

マージョリーは彼から慌てて目を逸らすと、じりじりと後ろへ下がって距離を取った。

「あの、残念ですけれど、人違いです。それに、私、もう行かなくては……」

愛想笑いを貼り付けてそれだけ言うと、マージョリーは踵を返して駆け出した。

今度こそギードに追いつかれないようにと、マージョリーは振り返りもせず、転がるように走って逃げる。

またギードに殺されてしまうかもしれないという恐怖よりも、あのまま彼の傍にいたら、魅入られて戻れなくなってしまう気がして、そんな自分が恐ろしかったのだ。

＊＊＊

ギードは走り去っていく小柄な背中を、今度は追いかけることはせずに見送った。

できるなら彼女の笑顔を見たかったのだが、仕方ない。

ギードは脱げてしまったフードを被り直し、ため息をつく。このフードには目くらましの魔導術をかけてあって、被っている間は他の者に頭の角が見えなくなっているのだ。

この異形は見慣れない者を驚かせてしまうことを、ギードは知っていた。

身の内で自身の守護獣が、彼女を逃がすことに不満を言っているのが分かったが、ギードは敢えてそれを無視した。

（……お前もマージョリーに懐いていたからな。傍にいたかっただろうが……）

ギードとて彼女の傍から離れたくはなかった。だが仕方ない。あのまま付き纏っていれば、彼女はきっと怯えてしまっただろう。それは本意ではない。

今世こそ、何にも阻まれることなく彼女と愛し合いたい。

それだけを願ってこれまでやってきたのだ。

（ここでマージョリーに嫌われては困るのだ）

いまだ守護獣は不満の波動を発し続けていたが、それに構っている暇はない。融合してからというもの、何もしなくとも守護獣――まるちゃんの意思を読み取れるようになった。守護獣は、知能は高いが本能に忠実なため、人の世界の決まり事を理解してくれない。

（……ここは焦らずに、慎重に事を進めるべきだろう）

なにしろ、彼女には記憶がないのだ。彼女自身が何度も言っていたように、初対面の男からしつこくつき纏われれば、怯えて二度と心を許してくれなくなるかもしれない。

彼女に記憶がないというのは想定外だったが、かえって良かったのかもしれない。

（私が彼女を殺したという事実を、知らないということなのだから……）

あの状況では致し方なかったとはいえ、最愛の妻をこの手にかけたのは事実だ。

そのことで彼女に憎まれても仕方がないと覚悟はしていた。当然だ。自分を殺した相手に好感を持つ人間などいない。

だがそうなったとしても、きちんと説明すれば、マージョリーならば分かってくれるのではないか、そんな身勝手な期待もしていた。彼女はとても公平で誠実な人だから。

（マージョリーはこの私のことを誰よりも理解してくれた人だった。彼女を喪えば、私が生きていけないことも分かっているだろう）

そう思うことで、彼女に拒まれるかもしれない不安を見て見ぬフリをしていたのだが、彼女に記憶がないのであれば非常に好都合だ。

死にゆく彼女を見送った時の忌まわしい記憶が蘇り、バチッと頭の中に白い光が瞬いた。目の前が真っ赤に染まる。血の赤だ。彼女の血の色……。

噎せ返りそうになるほどの鉄の匂いが鼻腔に充満し、自分の身体の中でブツリと何かが引き千切られる音がする。

『おおおおおおおおおおおおおおおおおおおおおおおおおおおお！』

獣のような咆哮が聞こえた。

自分の声――己の半身を喪い、狂ってしまった狂人の叫びだ。

自分が叫ぶ声は嵐を呼び、大地を揺るがした。

身の内に荒れ狂う魔力が堰を切って奔流のように流れ出しているのだ。

このままでは世界が壊れると分かっていた。だがどうでも良かった。

彼女のいない世界など、存在する意味もない。

最愛の人をこの手で殺した衝撃に耐えられず狂ってしまった自分は、なぜ殺したかも分からなくなっていた。

――ああ、この絶望があるから、『禁術』なのか。

世界を壊す狂人の思考の奥で、しみじみとそんなことを実感している自分もいた。

あの絶望はきっと誰にも理解できない。

最愛の妻――いや、マージョリーは妻という単純な言葉で表現できる存在ではない。彼女はギードの最愛の人であり、最大の理解者であり、魂の片割れでもあるのだ。再び巡り合うためとはいえ、己の唯一無二をこの手で殺さなければいけなかった悲劇の記憶は、決して癒えることのない傷になっている。

ギードは奥歯を噛み締めながら、過去の残滓を振り払う。

――そう。あれは過去の記憶だ。現在ではない。

(……だが、その痛みに耐えた甲斐があった)

先ほどまで傍にいた彼女の顔を思い出し、ギードは頬を緩ませた。

片手で掴めるのではないか思うほど小さな顔に、キラキラと煌めく大きな目。形の良い鼻はつんと高く、赤く瑞々しい唇はさくらんぼのようだった。

小動物のような愛らしさは、時を遡った今でも健在だった。あの宝石のような藍色の瞳に自分が映っていると思うだけで、脳の中が多幸感で満たされた。くるくると変わる表情を永遠に見ていたいと思った。

記憶の中の彼女よりもふっくらして健康そうなのは、モランの王女として不自由のない生活をしているからだろう。

（……あの頃とは違う……）

レーデにいた頃は、王女時代にはしたこともない労働をしていたから、頬は痩け、肌は荒れていた。髪だって、手入れができないからと短く切ってしまっていた。

（あれほど美しい髪だったのだな……）

ギードはあの頃もマージョリーの髪をきれいだと思っていたが、今の比ではなかった。まるで極上の金糸のように艶やかだった。

健康的で、溌剌とした美しさ――あれが本来のマージョリーなのだ。

（今度こそ、守る）

彼女の全てを。彼女の健康も、美しさも、そして笑顔も、何一つ損なうことなく、この手で幸せにしてみせる。

己の未熟さのせいで彼女を喪った後悔を糧にして、幸福を築き上げるのだ。

「今度こそ、二人で幸せになりましょうね、マージョリー」

クックツと喉を鳴らして呟けば、それに呼応するようにまるちゃんが興奮し始める。その結果、身の内の膨大な魔力が沸き立って溢れ出し、周囲に突風を出現させた。木々が揺れ、出店の幌が吹き飛ばされ、回転しながら空へと飛んでいく。

「……行くか」

マージョリーが見えなくなったから、これ以上ここにいる理由はない。

きゃあ、わあ、という人々の悲鳴を聞きながら、ギードは転移魔導術を使ってその場を後にしたのだった。

第三章　やっぱり生えてた

『ねえ、ギード。このお芋が採れたら、何を作ります？　私はスイートポテトがいいなって……』

　離宮の奥まった庭で、マージョリーは芋の畑に水やりをしている夫に声をかけた。

　ギードは白いシャツに、足元には泥塗れのブーツ、首には手ぬぐいをかけていて、まるで庭師のような格好だ。今の彼を見て王子だと思う人は誰もいないだろう。

　だが、マージョリーだって同じだ。茶色のドレスは農夫の娘が着るような粗末なものだ。白魚のようだった手は荒れてひび割れ、美しかった金の髪の艶はすっかりなくなり短く切ってしまった。祖国の者が見ても、マージョリー王女だと分かる者はきっといないに違いない。

　ギードはマージョリーの問いに、うーんと首を傾げた後、ふわっと笑った。

『僕は焼いて食べたいですね。じっくり焼くと、砂糖を入れなくてもとっても甘いでしょう？　砂糖の節約にもなりますし……』

『素敵なアイデアです。では、焼いて食べましょう！　楽しみですね！』

『ええ。楽しみですね』

空になったジョウロを手に、にこにことしてこちらを振り返るギードは、とても優しい目をしている。その赤い目を見るたび、マージョリーはとても幸せな気持ちになるのだ。

『ずいぶん育ちましたね。芋の葉がこんなに大きいなんて、今まで知りませんでした』

青々とした葉を広げる畑の植物に目を細め、ギードが言った。

マージョリーも微笑んで頷く。

『そうですね。私も初めて知りました』

自分が畑で野菜を育てるなんて、生まれて初めてなのだから当然だ。

支給される料理に毒を盛られてしまったことから、ギードが食材を自分たちで作ろうと言い出したのだ。

花すら育てたことがないのに自分にできるだろうかと不安だったけれど、植物の世話をするのはマージョリーの性に合っていたようで、畑仕事はとても楽しかった。

鍬(くわ)を使って畑を耕(たがや)すことは大変だったし、重たい水をせっせと運ぶのも骨が折れる。肥料にするための生ごみを溜めてそれをかき混ぜる作業も、臭いが酷いし、大嫌いな虫との戦いだから大変だった。

それでも、こうして育った植物を眺めるひと時で、その苦労は全部吹き飛んでしまう。

（なにより、ギードと一緒だから……）

彼と一緒なら、きっと何をしても楽しいのだろう。

戦争に負けてレーデに嫁ぐことが決まった時、己の悲惨な運命を嘆いたこともあったけれど、ギードと出会えたことは心から良かったと思える。

（……でも、ギードにとっては……？）

マージョリーの夫にさせられてしまったせいで、それまでもあまり良いとは言えなかった彼の境遇は、更に酷いものになった。王子なのに畑仕事までしなくてはいけないなど、彼の身分からすれば絶対にあり得ないことだっただろう。

『……ごめんなさい、ギード。私と結婚などしなければ、あなたはこんな所で泥塗れにならずにすんだのに……』

マージョリーが謝ると、ギードは驚いたように首を横に振った。そして手ぬぐいで自分の手を拭うと、マージョリーの手をそっと握る。

『そんなことを言わないで、マージョリー。僕は君と結婚できて嬉しいです。君と出会えて、こうして一緒に畑仕事をするのも、すごく楽しいと思っているんですよ』

『ギード……でも、あなたはとても大きな魔力を持つ人で、本当は、もっと皆から尊敬されていいはずなのに』

ギードは生まれ持った魔力が桁外れに多く、とても期待されていた王子だった。だが魔力量とは反比例するように、彼の心根は優しかった。誰かを傷つけることを極端に恐れるほどに臆病だったため、彼は『役立たずの王子』と呼ばれるようになり、冷遇されるようになったのだそうだ。

（この国では、『魔力とはすなわち武力』と考えられているから……。でも戦わないから役立たずだなんて、酷いわ……）

マージョリーはそう思ったが、ギードは違ったらしい。

『僕は役立たずでいいのです。そうであれば、皆、僕に誰かを傷つけさせようとしなくなります。誰かを傷つけるより、役立たずでいる方がよほどいい』

そう言って美しい顔をへにょりとさせて笑うギードが、マージョリーは愛しくてならなかった。

『君が来るまで、僕はずっと独りでした。誰かを傷つけるくらいなら独りでいいと思っていたのです。けれど君が傍にいてくれるようになって、それは間違っていたのだと分かりました。僕はずっと寂しかった。寂しいのに、それが日常だったから、気がつかなかっただけなんです。君の温もりや優しさや愛情をもらって、やっとギードという人間になれたのだと思っています。僕を〝役立たずの化け物〟からギードにしてくれたのは、君なんです、マージョリー』

『ギード……』

たとえ慰めからの言葉だったとしても、嬉しくてじんわりと目頭が熱くなった。

マージョリーも、彼と同じことを思っていたからだ。

彼の温もりや優しさ、そして愛情をもらって、自分が物ではなく、マージョリーという人なのだと実感できている。ギードがいなかったらきっと自分は今頃、どこの誰とも分からぬ男たちに凌辱され、自ら命を絶っていただろう。

マージョリーとギードの婚姻が済んだ後、初夜のための寝床に現れたのは、ギードではなく知らない数人の男たちだった。あまりのことに蒼褪めるマージョリーに、男たちは下卑た笑みを浮かべ「自分たちは王の命令でここにいる」と言った。そしてマージョリーを「王家公認の性奴隷」と呼んだのだ。

あの時の男たちのいやらしい笑い声は、今なおマージョリーの耳に残っている。思い出すたび、全身が粟立ち、慄いてしまうくらいだ。あれほど絶望を感じたことはなかった。

（あの時、ギードが来てくれなかったら……）

男たちがマージョリーを部屋の壁際に追い詰めた時、寝室のドアが蹴破られ、ギードが飛び込んできたのだ。彼は無表情のまま、魔導術で男たちを次々に吹き飛ばし、怯えるマージョリーを連れて自分の離宮へと逃げてくれた。

『もう大丈夫です。誰にも君を傷つけさせません』

ギードはそう約束すると、離宮に自分以外の男が入れないように結界を張った。魔力がないマージョリーには馴染みのないものだが、普通に存在する魔導術の一つらしい。

以来、マージョリーはギードの離宮に引きこもり、ギードに守られてひっそりと生きている。もちろん、離宮の外には一歩も出たことがない。出れば、誰かに凌辱されて殺されてもおかしくないのだ。

『ギード、私を守ってくれて、ありがとう』

『こちらこそ、僕を独りにしないでくれて、ありがとう』

そう言って抱き締め合っていると、ギュワギュワ、という不可思議な鳴き声が聞こえてきた。もう聞き慣れてしまったその鳴き声の方を見ると、ギードの足元に犬くらいの大きさの黒くてまんまるな生き物がいた。

『まあ、まるちゃん』

マージョリーが微笑んで呼びかけると、その黒い生き物は返事をするようにウゴウゴと蠢（うごめ）いた。「まるちゃん」とはマージョリーが付けた名前で、それまでこの黒い生き物に名前はなかったそうだ。

まるちゃんは返事の後、すぐにギードの足をゲシゲシと蹴り始める。ちなみに、蹴っている、という表現はなんとなく、だ。なにしろこの生き物はどこが足なのか判別できないくらい、ただまんまるなのだ。

『まるちゃん、やめなさい』

どうやら痛いらしく、ギードが顔を顰めて窘めるが、まるちゃんは一向にやめようとしない。マージョリーはクスクスと笑ってギードに言った。

『ふふ、まるちゃんは怒っているんですわ。だってあなたったら、私が来る前は独りだったって言ってたでしょう？　きっと「僕が一緒にいただろう！」って言っているのよ！』

マージョリーが指摘すると、ギードは凛々しい眉を下げて困った顔になる。

『でも守護獣は人ではないですよ？』

守護獣とは、主と決めた者に絶対服従する魔獣のことらしい。北の大陸には人間以外にも魔力を持つ獣が存在するのだ。強い魔力を持つ者には必ず一匹守護獣が現れると言われていて、まるちゃんもいつの間にかギードの傍に侍るようになったらしい。

まるちゃんはギードの守護獣で、ギードが幼い頃から一緒にいる相棒なのだ。

『人じゃなくても、友達なのでしょう？』

マージョリーが言うと、ギードは「確かに」と頷いて、まるちゃんを抱き上げる。

『すみませんでした、まるちゃん』

謝るギードに応えるように、まるちゃんは「ギュワ～！」と一声鳴き、嬉しそうにウゴウゴと身体を揺らした。その様子がなんとも愛嬌があって、二人は顔を見合わせて笑う。

まるちゃんのつるつるとした体表を撫でてやっていると、離宮の建物の方から女性の声が聞こえてきた。

その声が聞こえた瞬間、まるちゃんはビクッと身体を震わせたかと思うと、風のような速さでどこかへ逃げていってしまう。

『まあ、またここにいらしたのですね。ギード殿下、マージョリー様』

現れたのは、波打つ赤髪が美しい、褐色の肌をした華麗な美女だった。

レーデの貴族令嬢が身に纏う豪奢な毛皮を身に纏っている。

『エルナ様』

マージョリーは笑顔で手を振り、彼女を迎える。

彼女はエルナ・シュテファーニエ・エーレンフロイントといい、レーデの伯爵令嬢で、ギードとは乳兄妹の関係だ。そしてギードとマージョリーの数少ない味方だった。

エルナは泥塗れの二人を見て、呆れたように腰に手をやった。

『こんなことをされなくとも、私が安全な食材をお持ちしますと何度も言っておりますのに……！』

エルナはいつも二人に心を砕いてくれて、足りない物はないか、何か困ったことはないかと手を差し伸べてくれるのだ。主である二人をばかにする使用人たちを叱りつけ、ちゃんと働くように指導してくれたりもする、実に頼もしい存在なのだ。

マージョリーには姉はいないが、いたらきっとこんな感じなのだろうなと思っている。

『ありがとうございます、エルナ様。でも、畑仕事もとても楽しいのです。私はこの離宮を離れられませんし、こうしてやることがあった方が生き甲斐になります』

笑顔で遠慮するマージョリーに、エルナは一瞬痛ましそうな表情になって、そっとマージョリーの手を取った。

『ですが、こんなにもお手が荒れて……』

確かにマージョリーの手は農作業ですっかりひび割れ、今は土を触っていたので泥が付いて汚れてしまっている。滑らかで美しいエルナの手と比較するとなんだかみじめで、マージョリーはそっと手を引き抜きながらもう一度首を横に振る。

『大丈夫ですわ。これくらい』

言い張ると、エルナはため息をついた後、キッとギードの方を振り返る。

『分かりました。では後から私のお勧めの軟膏をお持ちします。ギード殿下、マージョリー様に塗って差し上げてくださいね！』

キツイ口調で言い渡されたギードは、気圧されつつもコクコクと頷いている。

幼馴染みだからこそのやり取りが微笑ましく、マージョリーはニコニコと笑ってしまう。

『何をそんなに笑っているのですか、マージョリー様』

微笑むマージョリーに、エルナが困ったような顔になる。

『だって、エルナ様が優しいのが嬉しくて……』

マージョリーの答えにエルナはますます呆れたように口を開き、やれやれと肩を落とした。

『本当に、能天気な方たちだこと！』

エルナの盛大なため息に、マージョリーとギードは顔を見合わせてまた笑った。

＊＊＊

クスクス、という自分の微かな笑い声で目が覚めた。

ぼんやりと目を開けると、そこはモランの自分の寝室だった。

（――ああ、私……また夢を、見ていたのね……）

レーデの夢だ。マージョリーは時を遡ってから、レーデの記憶ばかりを夢に見る。

凌辱されかけ、何度も死の危険に晒されたあの恐ろしい国での記憶――その中の数少ない穏やかな思い出だった。

大好きな夫と、優しい友との、和やかな時間。

幸福で、大切な記憶だ。

（ギード、まるちゃん、エルナ……）

マージョリーは目を閉じて、夢を反芻する。

夢の中で、大好きな人たちはとても美しかったし、不思議な獣は可愛らしかった。

レーデ人は魔力が強ければ強いほどその容姿に恵まれるという。伝説級の魔力を宿すとされていたギードはもちろん絶世の美男子だったし、エルナもまた類まれな美女だった。あれほどの美男美女に挟まれていれば、なんだか劣等感を抱いてしまいそうだが、あの時はそんな余裕すらなかった。

優しくされる手に縋るようにして生きていた。ギードが守ってくれて、時折会いに来てくれるエルナが励ましてくれたから、生きていられた。

（……ギード……）

愛する夫の名を心の中で繰り返す。熱い涙が、こめかみを伝って枕を濡らした。

思い出が優しければ優しいほど、胸が抉られるのはなぜなのだろう。

（あなたを愛していたわ、ギード）

たとえ彼にとってはそうでなかったとしても、マージョリーにとっては本物の、最愛の夫だった。

（どうして、私を殺してしまったの……？）

教えてくれれば良かった。離れてほしいのだと言ってくれれば、彼の幸せのためなら身を引いた。それくらい愛していたのだ。

ギードの庇護を失くしたらあの国で生きていけないことくらいは分かっている。それでも、ギードが本当に愛する人と結ばれるのならいい。自分の幸福より彼の幸福の方が、マージョリーにとっては大切だと思える。

（言ってほしかったわ、ギード。もし他に愛する人ができたのだとしても、相談してほしかった……）

他の女性を愛してしまったと妻にばか正直に話す夫などいない、と言われてしまうかもしれないが、マージョリーたちはそれができたはずなのだ。二人で手を取り合って生き延びてきたからかもしれない。親友のような、戦友のような夫婦だったのだ。

マージョリーはギードになんでも話していた。自分たちの間には隠し事などないのだと思っていたのに。

（それも、私の勝手な思い込みだったのかしら……）

今まで自分が信じていた彼との絆は、本当は存在しなかったのだろうか。

脳裏に蘇るのは、ギードのあの声だ。

『どうか、死んでください。……僕のために』

（……彼は、私を殺した。それが答えなのよね……）

何度この自問自答を繰り返したことだろう。だが何度繰り返しても足りないくらい、マージョリーにとっては信じたくない事実だった。

夢が美しければ美しいだけ、優しければ優しいだけ、目を覚ました後、直面しなくてはならない現実に打ちのめされる。

（ギード……）

マージョリーはもう一度心の中で夫の名を呟いた。

彼に殺したいほど邪魔だと思われていたのだと思うと、たとえそれが彼の慈悲だったとしても、どうしようもなくやるせなく、苦しかった。

＊＊＊

覗き込んでいる水鏡の表面を揺らさないように、魔力を込めた指先をそっと動かす。指が触れたところから、銀色の淡い光が波紋を描いて水盥の中で広がっていくのを眺めながら、ギードはうっそりと微笑んだ。

自らの魔力を湛えて光る水面に、妖精のように可憐な人——最愛の妻マージョリーが眠る姿が浮かび上がってくる。

恍惚のため息をついて、ギードは彼女の全身に目を走らせた。

（……ああ、今夜の君も愛らしい……）

マージョリーの姿を目にするだけで、マグマのように煮え滾る内側の魔力の渦が和らぐ気がする。魔王になってからというもの、倍増した己の魔力のせいで全身が常に膨満感に苛まれているのだ。耐えられないほどではないが、常に不快感があるというのは地味に精神にくるものがある。

　遠見魔導術で彼女の寝顔を観察するのは、そんな魔王ギードの数少ない癒やしの一つだった。

　マージョリーは今夜も実に愛らしい。ふかふかとした寝床に埋もれる様子は、まるで巣篭もりした鳥の雛だ。それだけでも愛おしさが爆発しそうになるのに、寝ている時の表情がまた可愛らしい。ふっくらとした白い頬、わずかに開いた唇はぷるんとしていて、嚙り付きたくなる。伏せられた長い睫毛がゆっくりとした呼吸に合わせて揺れる様に、時間を忘れて見入った結果、一睡もしないまま朝を迎えてしまったことも一度や二度ではない。

　できることなら毎晩でも見ていたいのだが、いかんせん自分の睡眠時間も確保しなければならないため、マージョリーの寝顔を見守るという癒やしの娯楽は週に一度か二度に留めている。

　この身は守護獣と一体化したことで強靭な肉体となったので、絶食状態でも数年は生きられるが、睡眠だけは常人と同じだけ必要とするのだ。

　自分以外の『魔王』に会ったことがないから分からないが、おそらく『魔王』とはそういう生き物なのだろう。ギードには死にたくて堪らない時期があったのだが、その時に試してみたことがあるので間違いない。

　魔獣も他の動物と同じようによく眠る生き物だから、ということもあるのだろう。

まるちゃんもよくマージョリーの膝の上にのせてもらって居眠りをしていたものだ。

その頃のことを思い出し、ギードはギリッと奥歯を噛んだ。

「あの時はお前を消し炭にしてやりたかった」

いくら自分の守護獣といっても、許せることと許せないことがあるのだ。

胸に手を当てて自分の中にいるまるちゃんに語りかけると、『ぎゅわぎゅわわ』という内なる声が聞こえてきた。どうやら抗議しているようだが知ったことではない。夫である自分より先に彼女の膝の感触を知るなど、消し炭に値する大罪である。

とはいえ、守護獣とはその主と嗜好（しこう）が近くなるものらしいので、まるちゃんがマージョリーに懐くのも致し方ないことなのだが。

魔獣という生き物は魔力に惹きつけられる性質を持ち、自分好みの魔力を持つ魔導術師を見つけると、その魔力を吸い取るために傍に侍るようになる。いわば寄生虫のようなものであるが、レーデではなぜかこれを『守護獣』と呼んでありがたがっている。奇妙な話である。

魔導術師の魔力は、魔導学で言う五因子、木（ドライアード）、火（イフリート）、土（ノーム）、金（スプリル）、水（ウィンディネ）のいずれかに属するため、守護獣は普通、五因子の精霊を象（かたど）っているものなのだが、まるちゃんはただの丸くぷよぷよした黒い塊という不可思議な姿をしていた。

レーデの人間の目にはそれが得体の知れないものに映ったのだろう。人々はまるちゃんを気味悪がり、精霊の姿をとれない下等な守護獣だと勝手に決めつけた。

それが一度目の人生でギードが冷遇されていた一因ともなっていたのだが、今思うと呆れた話だ。なぜなら、まるちゃんがあの姿だったのは、ギードの魔力がその五因子を全て備えていたからなのだから。下等どころか、強さで言えば最上級の守護獣だ。

実際にまるちゃんは変幻自在で、どんなものにも姿を変えられる。ドライアードの精霊だろうがイフリートの精霊だろうが、なろうと思えばどんな形も取れるのだ。

（マージョリーは理解していた）

まるちゃんが得体の知れない不気味な生き物ではなく、愛されるべき可愛い獣なのだと、ちゃんと分かってくれていた。

彼女だけはまるちゃんを怖がらず、最初から可愛がってくれたのだ。

魔力に触れたことがなく魔導学にも無知だった彼女が、レーデの誰よりもまるちゃんの価値を理解していたのだから、実に皮肉なことである。

ギードと共にマージョリーの寝顔を見つめるまるちゃんが、内側できゅんきゅんと鳴くような波動を出した。

『会いたい、会いたい』と言っているのだ。

（……ああ、会いたいな。彼女の傍にいたい）

なぜ自分は遠く離れた場所からこっそりと彼女を盗み見ているのだろう。

今度こそ彼女の傍で生きるはずだったのに。

今度こそ、間違わないと決めたのに。

「マージョリー……」

彼女は一度目の人生の記憶を失っていた。

あの閉ざされた離宮でひっそりと育んだ愛を、全て忘れてしまっていたのだ。

それを知った時、ギードの心は二つに裂かれる思いがした。

愛し合った記憶を忘れられたことが悲しくてやるせなかった。共に過ごしたあの愛の記憶を、彼女と分かち合うことができないなんて、酷く虚しい。

だが同時に、安堵した自分もいた。

(この手で彼女を殺したことも忘れてくれたということだ……)

一度目の人生で、ギードは自らの手で彼女の心臓を貫いた。

殺したくなんてなかった。

だが殺さねばならなかった。

それを彼女に理解してもらえるだろうか。きっと理解してくれるはずだ。マージョリーは、ギードの存在そのものを愛してくれた人なのだから。

マージョリーの愛を信じている。

だが、彼女がそれを忘れてくれているのなら、無理に思い出させる必要はないのではないか。

小狡い考えは、彼女に嫌われたくないという己の弱さの表れだ。

（……最近同じことをぐるぐると考えている……）

ふと気づいて自嘲した。

彼女のこととなると、魔王も形無しだなと苦笑が漏れる。

だが仕方ない。ギードは彼女のために魔王になったのだから。

「マージョリー……君は、私を許してくれるだろうか」

君を殺したこの手で触れることを。

そして、もう一度私を愛してくれるだろうか。

魔王となりこの世で最強の力を手に入れても、最愛の人の愛を得られないならなんの意味もない。

切なさにため息を零しながら、ギードはゆっくりと更けていく夜に揺蕩うのだった。

＊＊＊

城下町でギードと遭遇してから、マージョリーは必死だった。

（早くレーデの魔導術攻撃への対抗策を考えなければ！）

ギードは自分が王になったとか言っていたが、それが本当なのかは怪しい所だ。なにしろ、今生の彼はなんだかちょっとおかしい。妙に偉そうな言動をしたり、魔王になったと言ったり、角が生えていたり……。奇妙な点がありすぎて、彼のもたらす情報が正しいのかどうか、判断できかねている。

（でも、レーデがモランに上陸しているのは確かだわ）

ギードがモランに現れたのがその証拠だ。一度目の時には知らなかったが、おそらくレーデはモランに戦争を仕掛ける前に、諜報員（ちょうほういん）を送って情報を集めていたのだろう。

（きっとギードもその一人なのよ）

となれば、いつ攻撃を仕掛けられてもおかしくはないということだ。

（何か、レーデに対抗できるものはないの!?）

マージョリーは王城の図書室にある、北の大陸についての文献を片っ端から読み漁り、こめかみを押さえてため息をついた。

「まったく、この広い図書室にこれだけみっちり本を置いているくせに、北に関する文献はたったの数十冊だなんて……」

平和ボケしたモラン王国ときたら、北の大陸のことは南とは無関係とばかりに、無関心を貫いてきたのだから困ったものだ。

（そもそもレーデのことについての情報は、モランの知識人ですらほとんど把握できてい

ないというのが現状なのだもの）

レーデが攻め入ってくるまで、モランにとって北の大陸は未開の野蛮な地というのが常識だった。レーデについての文献は古いものであり、なんと二百年以上も前のもので、それ以降情報が更新されたことはない。

モランの人々の慢心があの戦争での大敗を招いたのは事実だ。

（……難しいわね。これまでまったく無関心だったお父様に、北の大陸の脅威を実感していただくにはどうしたらいいかしら……）

一度目と同じならレーデが襲ってくるのは半年後だが、レーデの王子であるギードがこの大陸に上陸していることからすると、一度目とは状況が変わっているのかもしれない。

とにかく一秒でも早く、あの魔力による猛攻撃に対抗できるようにしなくてはならない。

（……そんなこと不可能なのではないかしら）

ややもすれば気力が萎えそうになるが、モランの国土と民を守るため、そしてなにより今度こそ自分が生き延びるために、なんとしてもやり遂げなければならないのだ。

額に手を当てて考え込んだマージョリーは、ハッとあることに気づく。

「……そうだわ。魔力よ。レーデの攻撃は全て魔力によるものだった。魔力を防ぐ方法を見つければ……？」

兵士の数からすると、レーデの軍勢はモランの十分の一にも満たなかった。それでもレーデの圧勝だったのだから、魔力攻撃がいかに猛烈であったかが分かるというものだ。

マージョリーは本を摑んで立ち上がる。

(我が国で魔力研究の第一人者は確か……)

魔力を持つ者がいない南の大陸でも、幽霊や精霊、妖精などの伝承は数多く存在する。その中に「魔力を持っていた」という人々の話も残っているのだ。モランではそういう類の伝承はお伽噺とされて取るに足らないものという扱いをされているが、それでもそこに興味を持ち、研究する変わり者もいるのである。

「神学者、マイロ・オマリー」

南の大陸で最高峰とされるモラン王立大学に所属する学者である。

神学者というだけあって、専門はかつてモランの国教であったアヴァベル教の研究なのだが、彼の興味は神に留まらず、天使や幽霊などといった不可思議なものにまで至っている。

なぜマージョリーがその名を覚えていたかといえば、マイロが「神学だけでなく、魔力を専門に研究する施設を作るべきだ」と、自ら王へ嘆願したことがあったからだ。

現実主義者として有名な父王はもちろん、大臣たちも取り合わなかったし、マージョリーも当時はまだ魔力というものを信じていなかったから、「頭が良い人は変わっているのね」などと呆れていた。

（……呆れなければいけないのは、私たちの方だったというのに）

魔力はお伽噺ではなく実在する力だと主張したマイロの方が正しかったのだ。

（マイロに会わなくては）

ようやく活路を見出した気持ちで、マージョリーは図書室を後にした。

＊＊＊

改めて会ってみたマイロ・オマリーという人物は、やはり変わり者だった。

よく見れば端整な顔をしているのに、身なりがとにかく酷い。梳かせば美しいだろう銀髪は寝ぐせがついてあちこち跳ねているし、眼鏡にはくっきりと指紋がついている。

パッと見では彼が神学の第一人者だなんて誰も思わないだろう。

年齢は現在三十歳ほどだっただろうか。学生時代から天才と言われ、最年少で教授となった異例の存在なのだ。

「王はようやく『魔力』を理解するようになられましたか」

芝居がかった口調でイヤミったらしく述べられて、マージョリーは苦笑いが込み上げつつも、咳払いでそれをごまかして頷いた。

「はい。……王が、というより、私が、なのですが」

「……では王は、相変わらず魔力はお伽噺の中にしか存在しないとお考えか」

一国の主がこれでは、などとぼやくマイロに、マージョリーは慌てて言う。

「ですが、私はもう信じております。魔力は存在します。あなたは正しかった。私たちが持っていないだけで、魔力を持つ人は存在するのです。そして魔導術を使って、レーデ――北の大陸の国が攻めてきます。もう時間がないのです」

その内容があまりに予想外だったのか、マイロは細い目を丸く見開いた。

「――な、ん、ですって？　レーデ？」

「ええ、魔導国レーデ。北の大陸を統べている国です。特に王族は一撃で城壁を崩壊させるほど強い魔力を持っています」

淀みなく喋るマージョリーに、マイロは呆気に取られたように口をぽかんと開いていた。

だがやがてその口を真一文字に引き結んだ後、まじまじとマージョリーの顔を見つめる。

「――あなたは、なぜそんなことを知っているのですか？」

「……見たからですわ」

「見た、とは？」

短い答えに、マイロの眉間に皺が寄った。

彼がこの内容では満足していないのが分かり、マージョリーは一瞬口を噤む。

「……信じてくださるかどうか分かりませんが」

不安から出た前置きを、マイロは片手をひらめかせて一蹴した。

「殿下。私は学者です。信じる、信じないではない。物事は単なる事象でしかない。そして事象は見る者、見る角度によってその様相を変える。ただそれだけです。話してください。あなたの知っている全てを」

まるで謎かけのような台詞だったが、確かにそれは真理だと思った。

（……下手に『あなたを信じます』と言われるよりも、心強い気がするわ）

マージョリーは一度深呼吸をしてから、マイロに頷いてみせる。

「分かりました。……私は、三年後の世界から舞い戻ってきたのです。三年後、私は殺されました。それなのに、死んだと思って目が覚めてみたら、三年前に……ここに戻されていたのです」

言葉にしてみると、なんとも信じがたい内容だな、とマージョリー自身思ってしまった。実際に死に戻っている自分でさえそう思うのだから、マイロにとってはさぞかし荒唐無稽に感じられるだろう。

信じてもらえなくても無理はない、とおそるおそるマイロの様子を窺うと、彼はブルブルと両手を震わせていた。その震える手をこちらへ向けてきて、マージョリーの手をガシリと摑む。

「三年後……？　後、ということは、あなたは未来から戻ってきたと!?」

「え、ええ……」

「おお、なんということだ！　やはり時の流れに逆行する魔導術は存在したのだ！」

マイロは感極まったように叫び、神に祈るように両手を握り合わせて天を仰ぐ。

マージョリーは彼の台詞に仰天してしまった。

「時の流れに逆行する魔導術ですって？　どういうことですか？」

焦って詰め寄ると、マイロは「おやおや」とでも言うように眉を上げる。

「体験者が何を仰る。あなたの方こそが真実を知っているのでは？」

「私はただ体験しただけですわ。この現象がなぜ起こったのかは分かっていないのです！」

マージョリーの返答に、マイロは「なるほど、なるほど」と繰り返しながら顎を撫でた。

「ではあなたは、魔導術をかけられた側だということですね」

それはすなわち、魔導術をかけた側が存在するということだ。

「……私は、誰かに魔導術をかけられたから、時を遡ったということ……？」

呆然と呟くと、マイロは灰色の目に楽しげな光を灯して頷く。

「その通り。あなた方はご存じないかもしれませんが、時を遡る魔導術は古くから存在します。この魔導術を使ったと思しき事例は、過去の文献を漁るといくつも出てくる。そう、たとえば『嘘つきイーラフ』はご存じですか？」

問われて、マージョリーは驚きながらも頷いた。

それはモランでは有名なお伽噺だったからだ。昔、嘘ばかりつくイーラフという男がいた。イーラフは「自分は未来からやってきた」と言いふらし、「間もなく領主が殺されるだろう」と嘘の予言をした。けれど誰も相手にしてくれなかったので腹を立て、自分の嘘を本当にするために領主を殺してしまったのだ。結局イーラフは領主の弟によって成敗された、という内容だ。

「……では、イーラフは本当のことを言っていたと？」

「それは分かりません。ここで重要なのは、『未来からやってきた』という記述です」

マイロの指摘に、マージョリーはアッと小さく声を上げた。

「そうか、『時を遡る』という概念が昔からあったということですね」

「その通り。私の知る限り、魔導術以外にその方法はない。つまり『時を遡る魔導術が存在した』という仮説が成り立つ」

「……では、この国にも昔から魔力を持った人間が存在していたということですか？　北の大陸と同じように？」

「おそらくは。だがこちらではその数が極端に少ないことから、気味悪がられて『悪魔』だの『魔女』だのと迫害されたのでしょう」

迫害、という言葉に、マージョリーの眉間に皺が寄った。魔女狩りのことだ。ただ「怪しい」という言動を取っただけで、実際にはなんの罪もない人々が捕らえられ、無惨に殺されていたのだという。今では過ちであり二度と繰り返してはならないものだとされているが、逆に魔力も、無いものとして扱われるようになった。

「となれば、もし魔力を持っていたとしても、それを隠して生きるでしょうね……」

「そういうことです。私は神学を研究していく内に、伝承に残る多くの『奇跡』が、神が与えたものではなく、人の手によるものなのではないかと思い始めた。神託を受けたと言って川の氾濫を予言した村娘の逸話や、大きな村を一晩で焼き尽くしたほどの大きな山火事を、一瞬にして消し去ったという神の雨の話……奇跡と称される不自然な現象は、挙げればきりがない。それらが自然現象として起こり得るかを検証し、更に魔導術というものを研究した結果、私は今では『魔導術』が確かにあるのだと確信しているのです」

なるほど、とマージョリーはマイロを見た。この人は物事をかなり俯瞰(ふかん)して見て、分析できる人なのだ。

「では、私の言っていることが本当だと信じてくださるのですね」

「殿下、私は元より、信じる信じないではないと申し上げたはず。考えなくてはならないのは、起こった事象に対してどう動くか。この国が、北の大陸の国に攻撃されると仰いましたね？」

話が早くて助かる、と感心しつつ、マージョリーは「ええ」と頷いた。

「一度目の時は、今から半年後でした。私はお父様にそれを進言しようと思いましたが、信じてもらえる気がしなかったのです。なのであなたを訪ねてきたというわけです」

　父王に自分に起きたことを説明したところで、「夢でも見たのだろう」と笑われて終わるのが目に見えている。だからマイロに力を貸してもらおうと思ったのだ。

「お父様は魔力や魔導術といったものをまったく信じておられません。過去に祖先が犯した『魔女狩り』などの過ちを、酷く嫌悪していらっしゃるのもその一因なのでしょう。不可思議な出来事には必ず科学的な根拠があるというのが、お父様の持論なのです」

　縋るような気持ちでマイロの方を窺うと、彼はフンと鼻を鳴らして肩を竦める。

「不可思議な出来事に根拠があるという考えには同感です。だがその根拠が魔力であるということを理解できないのならば、説得は無駄でしょう。結論から言えば、王を説得するのは無理です。それも、半年なんて短い期間で？　はっはっは！」

「そ、そんな……」

　片手をヒラヒラと振りながらあっさりと断られ、マージョリーは絶望に顔を歪めた。マイロが唯一の希望だと思っていたからショックは大きい。

「だが、対策を練る必要があるでしょう。王を動かさなくてもできる方法を、私も何か考えてみましょう」

「では、何か解決策があると？」

「まだ分かりません。ですが、魔導術は無秩序な天災などではなく、法則のある技術です。

無効化する方法があるかもしれない。それを探そうと思います」

頼もしいのかそうでないのか判断しづらい回答を得て、マージョリーは目を閉じた。

大きな一歩ではないが、道を模索できる同志ができたことは確かな前進だ。

（焦ってはダメよ、マージョリー）

今はできることをするべきだ。

逸る気持ちを抑え、マージョリーはマイロに向かって深く頭を下げた。

「……どうぞ、よろしくお願いします、マイロ」

「無論です。この国の未来がかかっているのですから」

頷くマイロは相変わらずの仏頂面ではあったけれど、その声には揺るぎない決意が籠もっていた。

その時、コンコンコン、と研究室のドアがノックされた。熱中していた二人は同時にビクッと身を揺らした。ドアを振り返り、顔を見合わせてから、マイロが「どうぞ」と許可を出す。

現れたのは大学の職員の一人だった。青い顔をしてマイロを見た後、傍にいるマージョリーを見て、更に顔を青くする。

「マイロ教授、王宮より伝達が……」

「王宮から!?」

「『もしここに王女マージョリーがいるのなら、即座に王宮に戻るように伝えよ』とのことです」

「な、なんだって!?」

マイロの驚いた声に合わせ、自分も声を上げてしまいそうになって、マージョリーは慌てて手で口元を押さえた。

(どうして私がここにいるとバレているの!?)

女官たちがバラしたにしても、城下町にいると思っているはずだ。

マージョリーがマイロと会っていることは、王宮では誰も知らない。

(それなのに、どうして……?)

そもそもマージョリーが時を遡ってからまだ一週間ほどしか経っていない。マイロと接触したのは今日が初めてなのだ。

(一体どうなっているの……!?)

想定外の事が起こりすぎている。だが父王の命令を無視するわけにはいかない。

(マイロと相談したいことがまだたくさんあるのに……)

逡巡したが、職員が「既に迎えの王宮の馬車が到着しています」と急かしてくるので、マージョリーは後ろ髪を引かれる思いで馬車に乗り込んだのだった。

＊＊＊

王宮に到着したマージョリーは、すぐに異変に気がついた。

（……なぜ騎士団がこんなに集まっているの……？）

王宮を警護する王宮騎士たちは常時一定数各所に配置されているが、これほどの人数がこの場に集まっていることは珍しい。しかも騎士たちの姿は物々しい完全武装だ。

「これはどういうこと？　何があったの？」

馬車を降りるなり待ちかねていたように駆け寄ってきた女官に訊ねると、女官は緊張した表情で短く首を横に振った。

「私どもには詳しいことは伝えられておりません。ですが、数刻前に陛下に謁見を求める異国人が現れたとか……」

「異国人？　どこの国なの？　訪問があるなんて聞いていなかったわ。私ったら、予定を見落としていたのかしら」

マージョリーは首を傾げながら呟いた。

（そんな予定があったなんて。今日は午後から何もないと思っていたのに……）

だからこそ、お忍びで外に出かけたわけだが。

異国からの訪問者があるならば、王太子であるマージョリーの予定にも盛り込まれるはずだ。挨拶やら晩餐会やらのイベントが大なり小なり行われるからである。

「それが……よく分かっていないのです。陛下の予定にもなかった訪問だったそうで……」

女官の返事に、マージョリーは思わず険しい顔をしてしまう。

「何を言っているの？　そんなことあり得ないでしょう？　予定にもなかっただなんて……。どこの国の者かも分からない怪しい異国人を、陛下に謁見させたということ？」

南の大陸の宗主国であるモランには、他国からの使者が訪問することも珍しくない。だが国と国とのやり取りとなれば、もちろん事前に断りが必要だ。いきなりやってきて、当日面会できるほどモランの王は気軽な存在ではないのだ。

「そ、そうなのですが……、私どもも状況をよく理解しておらず……！　大変申し訳ございません！」

普段声を荒らげることのない王女の苛立った声に怯えたのか、女官がしどろもどろになりながら平伏する。マージョリーは慌てて女官に謝った。よく考えてみれば、彼女はマージョリー付きの女官の一人だ。王の予定を完全に把握できるはずもない。

「ごめんなさい。ともかく、お父様に訊いてみることにします」

マージョリーはいったん自室に戻り、身なりを整えてから謁見室へ向かった。

謁見室の前ではまた驚くこととなった。入口の前に数十名の衛兵が陣取り、何か起きればすぐにでも突入できるよう臨戦態勢でいたのだ。

（な、中に誰がいるというの……!?）

マージョリーは蒼褪めつつも、入口の左右を守っていた小姓に扉を開くように合図した。

「マージョリー・アンドレア殿下でございます！」

右の小姓が少年特有の高い声で叫ぶと、内側から「入れ」という父王の許可が聞こえた。

マージョリーは中に入ると、すぐさま父王への敬意を示すために深々と腰を折り、拝礼した。

「偉大なるモラン王国の太陽にご挨拶いたします」

「おお、マージョリー。こちらへ」

父王が声をかけてきたので、ゆっくりと頭を上げる。視線を上げると、父王ともう一人の人物が、長テーブルで向かい合って座っているのが見えた。

「――ッ!?」

マージョリーは息を呑んだ。

目玉が飛び出るかと思ったし、心臓は多分、驚きのあまり一回止まったのではないかと思う。

それも致し方ない。父王を前にしても緊張など欠片も見せず、のんびりと寛いだ様子で椅子に腰かけていたのは、マージョリーの元夫、ギード・ヤーコプ・レーデその人だったからだ。

　マージョリーは盛大にパニックになった。

（な、なななな……なぜここにギードが!?　し、しかもあの角、やっぱり生えているわ！　私の妄想ではなかったのね……!?）

　ギードは市場で会った時とは違い、漆黒のかっちりとした衣装を身に着けている。レーデの礼服だ。

　仰天してものも言えなくなっているマージョリーに、ギードはにっこりと微笑みかける。

「やあ、どうも」

　なにが「やあ、どうも」なのか。そもそも他国の王宮で、王族に対してする挨拶なのかそれは。

　ツッコミどころが満載だったけれど、何をどう答えるべきか、今のマージョリーの混乱した頭では判断できず、ただひたすら驚愕した顔のまま固まっていた。

　すると見かねた父王が、焦ったように手を振りながら言う。

「何をしている、マージョリー。ご挨拶しなさい。この方は北の大陸レーデ国の国王陛下であらせられるのだぞ」

「えっ!?　レーデ!?」

　まさか父王の口から「レーデ」という国名が出てくるとは思わず、反射的に訊き返してしまったが、父王はそれを別の意味に捉えたのか「うんうん」と訳知り顔で頷く。

「驚くのも無理はない。北にそのような国があるなど知らなかっただろうからな！　私も驚いたのだよ！」

娘に興奮ぎみに語っていた父は、ハッとした顔になってギードの方を見た。

「……あ、いや、これは我が国の無知蒙昧(むちもうまい)ぶりを嘆いているのであって、貴国を貶(おとし)めているわけではない！　誤解しないでいただけたら……」

レーデという国の存在を知らなかった、という発言が危ういものだと気づいたのか、焦ったように言い訳を述べる父王に、ギードは鷹揚(おうよう)に微笑んで首を横に振る。

「無論です。我が国にとってもこれが南の大陸との初めての交流となりますから。相互理解はこれから深めていけばよろしいかと」

「おお、そう言っていただけるとありがたい。ほら、マージョリー、お前も早くこちらへ来てご挨拶をしなさい」

父王に急かされ、マージョリーは仕方なくギードの近くまで来ると、ドレスの裾を持ち上げて頭を下げた。

「……マージョリー・アンドレアでございます」

「また会えましたね、マージョリー。自己紹介は済んでいるから省きます。どうぞ僕のことはギードと呼んでください」

「は、はい……」

マージョリーはギードの美しい顔を引っ叩きたい気持ちを押し殺し、曖昧な微笑みを浮かべる。

できれば市場で会ったことは内密にしておきたいと思っていたのに、ギードがにこにこしながらそんなふうに応えたから、さっそく父王に初対面ではないことがバレてしまった。

予想通り、父王は怪訝そうにマージョリーを見た。

「おや。また、とはどういう意味ですかな？」

「実はこちらの城を訪ねる前に、城下町を探索しておりまして。その際にお目にかかっていたのですよ」

すると父王は目を輝かせてギードの方に向き直る。

「おお、だからマージョリーの行方を言い当てることができたのですな！　なるほど！それも魔導術なのですかな？」

「ええ、まあ、そのようなものです」

質問をしたのは父王なのに、ギードはマージョリーの方を向いたまま頷いた。なぜだ。

「ほうほう、なんと不思議な！　その魔導術というもの、どういう理屈になっているのか、詳しく教えていただくことはできますかな？」

「それにはまず魔導学というものを理解していただく必要がありますね。我が国に専門の学者がおります。もしよろしければ、留学生などの受け入れもできますが……」

「おお、それはそれは、是非とも！　私が直接伺って、その魔導学について学びたいところではありますが、そういうわけにもまいりませんから、我が国の学者を数名行かせたいと思うのですが……」

「歓迎いたしますよ。ならば我が国からも南の文化を学ばせるために……」

「ええ、もちろんですとも！」

延々と続く二人の王の会話だが、父王が一生懸命話しかけている間、ギードはマージョリーを一心に見つめ続けている。変な汗が出てきた。この構図、居た堪れないからやめてほしい。

（お、お父様も変に思っていらっしゃらないなんて……!?）

どう考えてもギードの態度はおかしいのに、父はまったく気にする様子がない。まるで演技をしている役者のようにひたすらにこにこしているのだ。

（異国の王を迎えて舞い上がっているのかしら……？）

だが異国の王の訪問は初めてではないし、そんなことで舞い上がるような人ではない。

何か妙だと父王をまじまじと見つめていると、不意に低い声で問いかけられた。

「ところでマージョリー、あの男は誰ですか？」

「えっ？」

「君が先ほどまで会っていた男です」

「え、ちょ、そんな、変な言い方を……」

まるでマージョリーが男性と逢い引きをしていたかのようではないか。

マージョリーはギードの口を塞ぎたくなったが、父王の前でそんなことはできない。代わりにジロリと睨んでやったのだが、なぜかギードはポッと頰を赤らめた。なんだか見てはいけないものを見たような気がしたので、睨むのをやめてサッと目を逸らしておく。

（なぜマイロに会いに行ったことをギードが知っているのかしら……？）

という疑問が湧きかけて、すぐに考えるのをやめた。どうせ何かの魔導術を使ったのだろう。

「会っていたのはマイロ教授です。この国で神学についての研究をしている学者ですわ」

マージョリーの答えに、ギードはニコリと微笑んだものの、その赤い目が笑っていないように見えるのは気のせいだろうか。

「ほう、ずいぶんと若いようでしたが」

「ああ、ええ、そうですわ。彼は最年少で教授職に就いた天才なのです」

訊かれたから答えただけなのに、その途端ギードの目が赤黒く光り始めたのでマージョリーはギョッとなった。

「えっ、あの……!?」

なぜ目が光っているのだ。猫だって暗闇でしか光らないのに、真っ昼間に人間が目を光らせるとか、意味不明で怖すぎるのだが。

度肝を抜かれたマージョリーが震えていると、ギードが片手で自分の目を押さえてフーッと深呼吸をした。

「……すみません。少々狼狽えてしまったようです」

「な、何に……!?」

狼狽えると目が光るの？　なにそれ。

「……あなたが他の男を褒めるなんて……」

(他の男って、マイロのこと!?)

しかも褒めた覚えはないのだが。

いろいろツッコミどころが多すぎて、かえって冷静になってしまう。

(……これは、下手に突くと蛇が出るやつだわ)

マージョリーはそう悟ると、口を閉じて儀礼的な笑みを顔に貼り付けた。

沈黙は金、そして藪は素通りするに限るのである。

すると今度は父が口を開いた。

「おお、マイロと言えば、彼はこの国で魔導術を研究している学者でしてな。貴国へ留学させるのは彼が良いかもしれません。この国で一番魔導学を理解できるのは、きっとマイロでしょうから」

　父王の口から出たとは思えない言葉がポンポンと飛び出している。父王は超のつくほど現実主義者で、不可思議な存在を認めようとしてこなかったというのに、一体どうしたことか。

　マージョリーは黙っていられずに口を挟んだ。

「お、お父様？　魔導術とか、魔導学とかって……」

　いつの間にそういうものを信じられるようになったのか。

（信じてくれると分かっていたら、マイロに相談に行く必要もなかったのに！）

　マージョリーの困惑ぶりに、父王はまたもや訳知り顔でウンウンと頷いた。

「おお、マージョリー。お前は信じないかもしれないが、この世には魔力というものが存在するのだよ！」

「え、ええと……？」

「ああ、分かる。信じられないのも無理はない。私とてギード殿に見せていただくまでは、半信半疑だったからな！　お前も見せていただければ、すぐに信じるようになる。ギード殿、娘にも見せてやってはいただけませんか？」

　父王が促すと、ギードはニコリと微笑み、パチンと指を鳴らした。

　するとギードの輪郭がぶれ始めたので、マージョリーは目を眇めたり瞬いたりしてみる。

自分の目がおかしくなったかと思ったのだ。だが何度瞬きしても二重になったギードの輪郭は戻らず、それどころかブレが酷くなっていく。なんだかこのまま黙って見ていていいのか判断に困るくらいギードがぼやけて見えるようになり、マージョリーはアワアワと父王の方を見た。

「え……？　あ、あの、お父様、ちょっと、なんだか……」

これ大丈夫ですか？　と言っていいのだろうか。そんな疑問を思い浮かべた瞬間、目を閉じていたギードがカッとその赤い目を見開いた。

「ヒッ！」

思わず小さく悲鳴を上げてしまったが、マージョリーのその悲鳴と同時に、ブレにブレまくっていたギードの身体から、湯気のような黒い靄がブワッと噴き出した。

「キャーッ！」

それはまるで地表を割って煉獄の炎が沸き立つ様にも似ていた。

あまりにも禍々しい光景に、今度こそ盛大な悲鳴を上げたマージョリーの隣で、父王が興奮した声を上げる。

「おお、何度見てもすごい！　見なさい、マージョリー！　美しい獣だろう!?　魔獣と言うそうだ！」

「ま、魔獣……？」

叫んだ反動で目を閉じていたマージョリーは、おそるおそる目を開いた。

「……？」

そこには、椅子に座ったまま「フウ」とため息をつくギードと、彼に寄り添うように立つ一匹の黒い生き物がいた。

（――魔獣）

まさにそう表現するに相応しい、見たこともない生き物だった。

四つの肢(あし)は長く、すらりとした肢体は豹(ひょう)に似ているが、その体表には毛はなく、鉱物のようにつるりと光っている。頭には目も口もなく、二本の大きな角がにょっきりと生えていた。

「あ……あの角……？」

くるっと丸まった羊の角のような形――なんだか見覚えがあるなと思って呟くと、父王がなぜか得意げに言った。

「おお、お前も気づいたか！　そう、ギード殿の頭に生えていた角は、あの魔獣のものなのだそうだ！」

（あ、お父様、ギードの角に気がついていたのね……）

あれだけ大きくて目立つものが頭についているのに何も言及しないので、てっきり気がついていないか、見て見ぬふりをしているのかと思っていた。

だがどうやら父王はこれを見せられた結果、魔力や魔導術の存在を受け入れたらしい。

「ええと、あの、私、まだ状況をよく理解できていなくて……。あの、私の目には、ギード様からその動物が湧き出したかのように見えたのですが……」

目の錯覚でしょうか、と首を捻っていると、口を開いたのはギードだった。

「あなたの言った通りですよ。僕とこの子は普段は融合しているのですが、このように分裂することも可能なのです」

「分裂……」

そういえば市場で、ギードが『まるちゃんは変形したかと思うと、黒い霧のようなものになって僕の中に入り込みました』と言っていた。

(あら……？　ということは……？)

不意にあることに気がついたタイミングで、ギードが言う。

「この魔獣の名は、『まるちゃん』と言います」

(えっ!?　や、やっぱりそうなの!?)

ギョッとしてマージョリーは魔獣を二度見した。

(こ、これがまるちゃんですって!?　そんなばかな！)

まるちゃんは丸くてウゴウゴした、大きな黒い卵のような可愛らしい生き物だった。こんな強そうな肉食獣のようなものではない。

あまりに思いがけないことを言われたせいで驚いた顔をしてしまい、ギードが赤い目をギラリと光らせた。

「今驚きましたね？　なぜ？」

「えっ、な、なぜって……」

唐突に訊かれて、マージョリーはギクッとなった。

（そ、そうだわ。私はまるちゃんのことを知らないはずなのだから！　驚いてはいけなかったのに……！）

「つ、強そうな見た目なのに、ずいぶんと可愛らしい名前だなって……」

咄嗟に口から出たにしては、上手い言い訳だ。心の中で自分を褒めていると、ギードは器用に片方の眉だけを上げ、「なるほど」とため息と共に呟く。そしてこちらを見る眼力を弱め、腕を伸ばしてまるちゃんの頭を撫でた。

「僕にはとても可愛らしい見た目に思えますが……、しかし、強そう、というのは的を射ています。この子はとても強いのです」

「強い……」

マージョリーはなんとなく鸚鵡返しをして、まるちゃんの方をじっと見つめてしまう。

（この子、本当にまるちゃんなのかしら……？）

まるちゃんには癒やされた覚えはあるが、戦闘能力が高いイメージはない。マージョリーにとっては、ひたすら可愛い愛玩動物だったのだ。

「ほう、強いのですか！　たとえば、それはどれほどの力なのですかな？」

初めて目にするものに興味津々な父王が、まるちゃんをしげしげと見つめて訊ねる。

「この子が一吼えすれば、小さな山を吹き飛ばせるくらいの力です」

「えっ!?　吼えるのですか!?　口がないのに!?」

背後から父が「そこなのか、マージョリー」とツッコミを入れてきたが、黙殺する。魔力の強さよりも、口がないのに吼えることの方が不思議だろう。

「口は必要があれば出現します」

「しゅ、出現する？」

収納型の口なのだろうか。

「今は不要なので出さないだけですよ」

どういうことなのかさっぱり分からないが、マージョリーは考えることを放棄した。

（とりあえず、今はこの魔獣のことはおいておきましょう）

ふーっと細く息を吐き出し、頭の中を整理する。

（一番の問題は、なぜ彼がここにいるのかということよ）

本当にレーデの王になったかどうかは確証がないが、ギードにはその力があることから、嘘とは言い切れない。そしてその強大な力を持つ彼が、モランの現王と王太子であるマージョリーのすぐ傍にいるこの状況は、最悪と言える。父王とマージョリーを殺してしまえば、モラン王国は滅亡するのだから。

ごくりと唾を呑むと、マージョリーは父王に向き直る。

「あの……お父様」

今回のレーデ王の訪問の趣旨（しゅし）は一体なんなのか、と続けようとしたけれど、そのマージョリーの声に被せるようにギードが口を開いた。

「マージョリー、一つお願いがあるのです」

「な、なんでしょう。……私にできることであれば」

唐突な『お願い』にマージョリーはギョッとしたが、なんとか儀礼的な笑みを取り繕って頷いてみせる。ギードが他国の王としてここにいる以上、父王の前では礼儀正しい態度でなければいけない。

「よろしければ、僕と、その……けっこ……」

「え？　け……？」

それまでハキハキと喋っていたギードの声が、急にもにょもにょと聞き取りづらくなったので、つい訊き返してしまった。

するとギードは拳を口元にあて、ゴホンと咳払いをする。

「……いや、僕にこの国を案内していただけますか？」

「えっ」

マージョリーは言葉に詰まってしまった。できれば傍にいることは避けたい。自分を殺すかもしれない相手と一緒に行動したいわけがない。案内をすることになれば、否が応でも一緒にいることになってしまう。

だが娘の心の声を他所に、父王がギードに加勢するように明るい声で言った。

「おお、そうだそうだ。誰かに我が国の案内をさせましょうと言ったら、ギード殿がお前の名を挙げられたのだよ。なぜお前の名を知っているのかと私も驚いてしまったが、以前に会っていたのなら納得だ。お前の居所を教えてくださったのも、ギード殿なのだ」

それで自分の居所を知らないはずの父王が、マイロの所に迎えを寄越せたのか、と腑に落ちながらも、マージョリーはギードへ視線を向ける。

（……つまり彼がここにいるのは、私が目的ということね）

具体的なことは分からないが、父王を使って呼び寄せ、更にはギードと一緒にいなくてはならない状況を作りだしているのだから、マージョリーに用があることは確かだろう。

（ならば、腹を括(くく)るしかないわね）

たとえ今逃げたとしても、多分ギードはまた別の方法で追ってくるだけだ。

そして彼がこのモランを亡ぼす力を持っている以上、マージョリーには選択の余地はない。

マージョリーは殊更にっこりと微笑んだ。

「……もちろん、私などで良ければ、喜んで案内させていただきますわ、陛下」

(モランの命運は、私の肩にかかっている)

意を決して返事をするマージョリーに、ギードは頬を綻ばせる。

「嬉しいです。日程が決まり次第教えてくださいね。楽しみですよ、マージョリー」

整いすぎて冷たく感じる美貌が、笑うことで一気に柔らかく温かい印象に変わった。

その微笑みに、マージョリーの心臓がドキッと音を立てた。

(……昔のギードの笑い方のままだわ)

あの頃、自分にだけ見せてくれた笑顔だ。

懐かしさと愛しさが胸に込み上げてきてしまい、慌てて俯くことで彼の笑顔から目を逸らす。ギードとはできるだけ距離を置かなくてはならないのだから、こんな気持ちになってはいけないのだ。

(しっかりしなさい、マージョリー!)

マージョリーは片手で胸を押さえながら、心の中で自分に言い聞かせたのだった。

第四章　過去の残滓(ざんし)

ギードの大きな手が、慣れた手つきで風呂上がりの濡れた髪を優しく梳いてくれる。

その心地好さに、マージョリーはうっとりと目を閉じた。

風呂上がりのマージョリーの髪の手入れは、ギードの役目だった。逆に、ギードの髪を拭くのはマージョリーの仕事だ。

もちろん本来なら侍女の役目だけれど、この離宮の使用人たちはその役目を放棄しているから仕方ない。

だがマージョリーはこの生活を存外気に入っていた。

ギードの髪を拭くこともそうだけれど、互いの面倒を見合う全ての行為に悦びを感じる。自分はこの国(レーデ)で虫けら同然の存在だけれど、ギードにだけは必要とされている、そう思えるからだ。

――でも、本当はもっと……、あなたと夫婦らしいことがしたい。

本当の夫婦のように愛し合いたい。

夫の優しい手の感触に温かさが加わり始める。ギードが魔力で髪を乾かしているのだ。彼に触れてもらえる時間がもうすぐ終わってしまう、と思うと、胸に切望が込み上げた。

『――さあ、きれいに乾きましたよ』

ギードがそう言って、マージョリーの髪から手を放す。二人で腰かけていたベッドから立ち上がり、マージョリーにニコリと微笑みかけた。

『今日も疲れたでしょう。ゆっくり休んでくださいね。おやすみなさい、マージョリー』

それは毎晩恒例の挨拶だった。この台詞の後、ギードは別室へ行ってしまう。

――今夜こそは……！

マージョリーは震えそうになる身体を叱咤し、離れていこうとするギードの手を掴んだ。

『ま、待ってください！』

『マージョリー？』

引き留められるとは思っていなかったのか、ギードはびっくりして目を丸くしている。

そんなふうに驚かれると、勇気が萎えそうになる。だがここで挫けていたら、一生変わることなどできない。

――私は、変わりたい。あなたの『特別』になりたい……！

マージョリーのその願望は、レーデ特有の『片翼』という概念を聞いたせいだ。故国の『夫婦』よりも、ずっと強く固く結びついた関係に思える。

本当ならギードにもレーデ人の『片翼』が存在するはずだ。自分は彼の『片翼』を差し置いて彼の傍にいる、偽物の妻にすぎない。

最初はそれで良かった。マージョリーだって望んだ婚姻ではなかったから、儀礼的な夫婦関係でも構わないと思っていたのだ。

けれどギードと身を寄せ合うようにして生きてきたこの数年間で、マージョリーは彼を愛してしまった。

ギードは見目麗しい完璧な外見とは裏腹にいつもどこかおっちょこちょいだ。ナイフを持たせれば指を切るし、畑の畝の段差で躓いてすっ転ぶ。いつもそんな調子なので生傷が絶えず、マージョリーはすっかり怪我の手当てが上手くなった。ギードはマージョリーに手当てしてもらっている間、いつも嬉しそうにニコニコしている。「怪我をしたくせに笑っているなんて」と言うと、「怪我をすると、君がとても優しくなるでしょう？　だから嬉しいんです」なんて返すものだから、盛大に呆れてしまった。

だが同時に、そんな彼が愛しくて憐れだった。ギードは王子なのに、皆から蔑まれている。子どもの頃からずっとそうだったと言っていたから、きっと優しくされた経験があまりないのだろう。

ギードの優しさが好きだ。彼は誰かを傷つけることを恐れる。力が全てとされるこのレーデで、優しさは弱さに他ならない。それでも彼は、誰かを害して得られる賞賛よりも、誰も害さないことで受ける嘲笑を選ぶのだ。

膨大な魔力を持ちながらそれを上手く発現できないのは、彼のこの優しさのせいなのかもしれない。

マージョリーはそんな彼を憐れだと思うが、同時に高潔で誇らしいとも思う。

そして、愛しいとも思う。彼を守りたい。彼が誰かに傷つけられることがないように。彼が怪我をしたら、すぐ傍に駆け寄って手当てしてあげたいと思う。彼が寂しい時には、寄り添って抱き締めたいと思う。

彼の特別になりたい。誰よりも彼の傍にいて、誰よりも近い存在になりたい。

——『片翼』にはなれなくても、『片翼』に近い存在に……。

ギードにはまだ『片翼』がいない。だからこそマージョリーの結婚相手に選ばれたのだが、逆に言えばいつ彼の『片翼』が現れてもおかしくないということだ。

——もしそうなったら、私は……。

いつからかマージョリーの心にそんな不安が芽生えてきてしまった。

ギードの『片翼』が現れたら、その時は自分が身を引くのが正しい。ギードを本当に愛していて、彼の幸せを願うなら当たり前だ。

——分かっている。分かってはいるけれど……。でも、まだ見つかっていない今は……。

彼の特別になる努力をしてもいいのではないか。

多分、自分は一縷の望みに縋りたいのだと分かっている。ギードにもっと特別だと思ってもらえたら、『片翼』が現れても、ほんの少しだけなら彼の記憶に残る存在になれるのではないかと。

――ほんの少しでいい。ギードの人生の一部になれるのなら……。

結婚して二年半経つが、ギードとマージョリーの寝室は別々だ。

結婚初夜で複数の男たちに襲われたマージョリーを慮ったギードが、『僕は隣の部屋で眠ります。どうか安心して眠ってください』と言ってくれたのだ。その時はホッとしたけれど、ギードの為人を知り、彼を愛するようになってからは、寝室を立ち去る後ろ姿に、逆に切ない気持ちが湧き上がるようになった。

――ギードにとって、私は妹のようなものなのかもしれないけれど……。

憐れな身の上の者同士、助け合い励まし合いながらの生活は、確かに男女の性愛より家族愛の方が育ちやすいのかもしれない。ギード自身がおっとりとしていて、どこか浮世離れしているせいもあるのだろう。同じ屋根の下で数年暮らしてきたけれど、彼は性的なことにまるで興味がなさそうなのだ。

もしかしたら、妹どころか動物か何かだと思われている可能性もある。彼がマージョリーに見せる愛情は、守護獣のまるちゃんへ向けるものとほとんど変わらない気がするのだ。

——私の裸を見ても、いつもの笑顔を崩さないのだもの……。

自分が異性なのだと意識してもらいたくて、入浴介助を申し出たのもマージョリーだった。なんとかこの状況を打開したくて採った苦肉の策だ。

不審がられるのではと不安に思ったりもしたが、ギードは二つ返事でそれを了解してくれた。

『ああ、君は一人で入浴されたことなどなかったでしょうに……、ご不便をおかけしましたね。気づかずにすみません。もちろん、僕がお手伝いしますよ』

『い、いえ、私があなたの入浴をお手伝いしようと思って……』

マージョリーは自分がギードの入浴介助をする、と申し出たつもりだったので、仰天して首を振ったけれど、ギードは笑顔で言った。

『ではお互いに入浴介助をし合うことにしましょう』

入浴介助はしたいが、自分がされるのは嫌だ、とは言えなくて、結局二人は入浴介助をし合うこととなった。

だがギードの裸を見ることに心臓をバクバクさせていたマージョリーとは違って、ギードはなんの気負いも恥じらいもなく全裸を晒してみせた。

それはもう、美しい裸体だった。すらりと伸びた長軀に、驚くほど長い手足。衣類に隠れていた時は分からなかったけれど、意外にもしっかりと筋肉がついていて、肩も腕も盛り上がり筋張って逞しかった。胸板は広く厚く、腹には洗濯板のようにボコボコと隆起した筋肉があって、思わず触りたくなってしまうほど。

軍神ロムスもかくや、という輝かしさだった。

『ではよろしくお願いします』

ニコリと微笑んで生まれたままの自分の身体をこちらに委ねるギードに、マージョリーはなんだか申し訳なさを感じてしまった。

そして悲しいことに、ギードはマージョリーの裸になんの反応もしなかった。顔色一つ変えることなく、普段通りの柔和な笑顔でマージョリーの髪と背中を丁寧に優しく洗ってくれた。さすがにその他の部分は自分で洗えるからと断ったが、そうしなければ全身隅々まで洗い上げてくれただろう。

マージョリーの女性としての矜持が大いに傷つけられたのは言うまでもない。

――でも、今夜こそ……！

マージョリーは顎を引いて、こちらを見下ろす赤い瞳を真剣に見返した。

今夜こそは、ギードと本物の夫婦になると決意したのだ。

――エルナ様が言っていたもの。ギードは清い身のままだから、魔力を上手く引き出せないのだと。

ギードの乳兄妹であるエルナは、いつもギードとマージョリーのことを気にかけ、何かと助言をくれる優しい人だ。使用人の噂話で、ギードがまた兄王子から嫌がらせをされていると知ったマージョリーが、そのことを嘆いてエルナに相談した時にこう言われたのだ。

『ギード殿下が魔力を上手く扱えない一つの理由に、殿下がまだ清い身だということがあるのです。魔導術は術者の精神と呼応します。術者が強く望めば魔力がそのように動くからです。ギード殿下は生まれつきその欲が非常に薄くていらっしゃるから……』

内容が内容なだけに、少し顔を赤らめて説明してくれるエルナに、自身も頬を染めながらマージョリーは真剣に聞いていた。

清らかな身——婉曲な言い方だが要するに、性行為をしたことがないということだ。確かに性行為は最も直接的な欲の吐露と言える。ならば欲を引き出すことができれば、ギードは魔力を上手く扱えるようになり、彼がこの国で蔑まれることがなくなるのではないか。

ギードは時折、とんでもない怪我をしてくることがある。額が割れて血が噴き出していたり、腹に大きな痣を作ってきたり、髪を切られていたこともある。酷い時には肋骨を折られて呼吸困難になっていたこともあった。彼は誰にやられたとは言わないが、それが兄王子たちの暴行によるものだと、マージョリーには察しがついていた。それ以外の人間が相手の場合、ギードは怪我を負わされる前に逃げるからだ。兄王子たちはギードが逃げれば腹を立て、もっと酷いことをしてくる。だからギードは逃げずに留まって暴行を受け止めざるを得ないのだ。

──ギードがあんな目に遭わなくて済むなら、その方が絶対にいい……！

ギードが酷い目に遭うたび、マージョリーは泣いて腹を立てた。どうして彼がこんな目に遭わなくてはならないのか。悔しくて悲しくて、ボロボロと涙を流すマージョリーを、しかし当の本人であるギードが困ったように慰めるのだ。

──ギードは欲が薄いとエルナ様が言っていたけれど、本当にそうなのよ……。

人間には様々な欲がある。食欲や睡眠欲、性欲といった身体を維持するためのものや、他者からの愛情や承認を求める精神的な欲などだ。ギードはそれら全てがとても薄い。マージョリーの目には、何事にも執着せずひたすら穏やかに、あらゆるものを受け流して生きているように見える。

誰かが「死ね」と言えば、彼は微笑んだまま死んでしまいそうだ。そんな危うさを、ギードは持っている。

──私が、あなたの欲を引き出せたら……。

ギードが欲を持たないのは『片翼』を見つけられていないからなのではないかと、マージョリーは考えたことがある。心から愛する者を得られた時、人はその人から愛されたいと願うものだ。その人の心も身体も、自分のものにしたいという原始的な欲求を抱くはず。ちょうど、今の自分のように。

──私は、あなたの『片翼』にはなれないけれど……。

少しでも彼の欲を引き出すことができればいい。

『どうしたのですか、マージョリー』

引き留めたものの黙り込んでしまっていると、ギードが心配そうに顔を覗き込んでくる。息を呑むほど美しい顔が間近にあって、マージョリーの心臓がドキドキと音を立てた。見慣れたはずの美貌だけれど、今は緊張しすぎて直視できない。これから彼にとんでもないことを言うのだから。

──女は度胸よ……！

マージョリーは心の中で自分を鼓舞し、グッとお腹に力を込めると、思い切って願望を口にした。

『……今夜は、一緒に眠りたいです……』

妻からの誘い文句に、ギードの赤い目が見開かれる。

『……どうしたのですか？　君がそんなことを言うなんて。何か怖いことでもありましたか？』

マージョリーは苦笑した。共寝の誘いすら、ギードにとっては心配事になってしまうのか。

どうすれば伝わるのだろう。この想いが。切望が。

摑んでいたギードの手を自分の目の前まで持ってくると、マージョリーはそっとその大きな掌に自分の頬を押し付けた。ギードの手は温かく、乾いていた。

『……いいえ。怖いことなど何も。いつもあなたが守ってくださっていますから』

ギードは夫婦が住む離宮に守護の魔導術をかけていて、彼以外の男性が入れないようにしている。未遂とはいえ男たちに襲われたマージョリーが、安心して過ごせるようにしてくれているのだ。

マージョリーの答えにギードはホッとした表情になったものの、こてんと首を傾げる。

『ではなぜ一緒に寝ようなどと……？』

『……私たちが結婚して、もう二年半が経ちました。そろそろ本当の夫婦になりたいと思うのです』

婉曲な言い方をしていても、ギード相手だと埒が明かない。思い切って直接的な表現を使ってみると、彼はようやく意味を解したらしく、分かりやすく驚いた顔になった。

『……えっ、ええっ⁉　あの、ほ、本当の夫婦って……』

オロオロと視線を彷徨わせる様子に、マージョリーの心が浮き立つ。

この反応は、いい意味で想定外だ。

てっきりいつもの穏やかな微笑みで「君は今疲れているのですよ」などと躱されるとばかり思っていた。これはギードが自分を異性だと意識してくれている証拠なのではないだろうか。

期待に後押しされて、マージョリーは更に懇願の言葉を紡いだ。

『本当の夫婦です。……私は、あなたと、愛し合いたい……』

『マ、マージョリー……』

ギードの顔はリンゴのように真っ赤になっている。

その赤い顔をじっと見つめるマージョリーの顔も、もちろん同じように真っ赤だ。恥ずかしさが込み上げてきて、逃げ出したい気持ちになる。

だが、ダメだ。マージョリーはギードと本当の夫婦になりたい。今の兄妹のような関係は、もう嫌だ。彼に愛されてみたかった。この大きな手で、自分に触れてほしいのだ。

だからマージョリーは恥ずかしさをグッと堪え、ギードの目をまっすぐに覗き込んで自分の想いを告げた。

『私を、あなたの本当の妻にしてくださいませ』

ギードはしばらくマージョリーの顔を見つめていたが、やがてゴクリと唾を呑んでから、蚊の鳴くような声で言った。

『……マージョリー。いけません』

拒絶の言葉に、マージョリーは息を呑む。サッと血の気が引いていくのが分かった。

『……やはり、私ではダメなのですか?』

自分は本物の妻ではない。彼の『片翼』ではないから。

ずっと心に突き刺さっているその事実に、マージョリーの目に涙が浮かんだ。

するとギードは慌てたように首を横に振る。

『違います。ダメではない。君は僕の妻です。君以外、抱きたいなんて思いません』

慰めのための台詞だと分かっていても、沈んだ心が一気に浮上する。

『……それは、あの、私を抱きたいと、思ってくださっているということですか……？』

マージョリーの質問に、ギードは「しまった」という表情になって、赤い顔を更に真っ赤に染めながら、一度深いため息をついた。

『……抱きたいと、ずっと思っていますよ。君は知らないでしょうけれど』

『し、知りませんでした……。あなたはてっきり、私など眼中にないのだとばかり……』

『どうしてそんなことを？　僕は……その、最初にお会いした時からずっと、君のことを……』

たどたどしく紡がれる不器用な愛の言葉に、マージョリーの胸が歓喜に膨らんだ。

『本当ですか？　だったら、言ってくださったら良かったのに……！』

最初に会った時から、ということならば、自分たちは無駄に二年半もの月日を費やしたことになる。もっと早くに分かっていれば、悶々とした日々を送る必要もなかったのにと思うと、つい恨みがましい気持ちになってしまう。

『……口にしてしまえば、箍が外れてしまうから……』

『え？』

ギードがボソリと呟いたが、声が小さすぎて聞き取れなかった。キョトンとして訊き返すと、赤い目がサッと逸らされる。

『僕たちレーデ人にとって、伴侶は特別な存在です』

マージョリーは哀しく笑った。ギードに本当の伴侶である『片翼』が現れた時のことを言っているのだろう。

――『片翼』に対しては、理性を凌駕（りょうが）するほどの強烈な愛情を抱くものだと、エルナ様が仰っていたもの……。

今ギードがマージョリーを好ましく思っていたとしても、『片翼』が現れればそちらを愛してしまうのだろう。そうなった時にマージョリーが身を引きやすいように、ギードはこれまで手を出さなかったのかもしれない。

『……ええ、分かっていますわ』

全て分かっていても、ギードに触れてほしいという願いは変わらない。そう思って頷いたのに、ギードは険しい顔で首を横に振った。

『いいえ、分かっていない。一度君に触れてしまえば、もう後戻りはできないのです』

『後戻り？』

『逃がしてあげられなくなってしまう』

苦悩に満ちた表情でそんなことを言われて、マージョリーは目を丸くしてしまった。

『私が、どうしてあなたから逃げるのですか？』

『逃げたいはずです。こんな酷い生活……、君は本当なら、王女として周囲から祝福される結婚をして、幸福な生活を送っているはずだったのに……！』

珍しく語気を荒げてそう言ったかと思うと、ギードはマージョリーの頬を両手で包んだ。

『この離宮は結界を張っているので中に入れる人物は限られています。君がいなくなったとしても、気づかれないようにできると思うのです。……その、今はまだ無理ですが、僕がもう少し上手く魔導術を扱えるようになったら、君をモラン王国へ帰そうと思っています。だから、それまで辛抱してほしいのです』

『ギード……』

申し訳なさそうに顔を歪めるギードに、マージョリーは驚いてしまった。

彼がそんなことを考えていたなんて知らなかった。この国で酷い扱いを受けているのは、彼も同じだ。マージョリーを逃がしたと知られれば、ギードとて無事では済まないだろう。

――それなのに、私のために……。

瞼が熱くなり、涙が込み上げた。ボロボロと涙を流すマージョリーに、ギードが困ったように眉を下げる。

『な、泣かないでください……！』

『ギード、私は、モランに……帰りたくない』

声を詰まらせながら訴えると、ギードは驚いた顔になった。

『で、ですが、この国は君に酷いことばかりして……』

『いいえ。いいえ！　……あなたがいればそれでいいの。お願いです。あなたの傍にいたいのです。傍に置いてください。あなたを愛しているの』

ギードの言うように、祖国へ帰れば今のような厳しい生活をしなくても済むだろう。だが祖国にはギードがいない。彼への愛情を抱えたまま、彼のいない場所で暮らすなんて、もうマージョリーには考えられなかった。

泣きながら必死に言い募ると、ギードは呆然とこちらを見下ろした後、何かを振り切るようにしてマージョリーをかき抱いた。

これまで優しい抱擁はあっても、こんなふうに力強く抱き締められたことはなかった。

マージョリーは驚いたけれど、彼の腕の中にいることがどうしようもなく幸せで、また涙が出た。

『もう、放してあげられない。それでもいいのですか？』

確かめるように訊かれ、マージョリーは涙声で答える。

『放さないでください。あなたの傍に置いてほしいの』

『マージョリー……』

どこか恍惚とした声色で名を呼んで、ギードがマージョリーに口づけた。

それは夫婦の初めてのキスだった。

レーデの王は、敗戦国の王女など奴隷同然だと考えていたようで、マージョリーには結婚式すら用意されていなかった。だから二人は夫婦なのに、これまでキスすらしたことがなかったのだ。

初めてのキスは、とても柔らかかった。

他人の唇がこれほど柔らかいものだなんて、知らなかった。

最初は唇を押し付け合うだけだったキスは、角度を変えて啄むような動きが加わり、やがて深くなった。

『……ん、んん？　ふ、ぁ……』

歯列を割って口内に肉厚の舌が入り込んできて、マージョリーは驚いてビクリと身体を揺らす。咄嗟に逃げようとする身体を、ギードの腕が捕まえて押し留めた。

『ダメです』

ほんの少し離れた間に低く囁かれ、また彼の唇が覆い被さってくる。

口内を余すところなく舐られ、舌を絡められて、マージョリーは息苦しさに喘いだ。

ギードのキスはやむことがなく、マージョリーの吐息すら呑み込もうとするかのように獰猛だった。

だがその余裕のない様子が、どうしようもなく嬉しい。異性として見られていないとばかり思っていたから、こんなふうに求められているのだと思うと、嬉しくて幸せだった。

ギードのキスはやがて唇を逸れて顎を舐め、首筋へと降りていった。

『あ……』

喉を甘噛みされると同時に、ベッドの上に押し倒される。

こちらを見下ろすギードの赤い目が、野性的な光を宿して煌めいていた。普段穏やかに微笑んでいる彼のこんな荒々しい表情は初めて見た。ギラギラとして怖いくらいなのに、息を呑むほど艶やかで美しい。鋭い眼差しに、胸がどきどきと高鳴って、なぜかお腹の奥がずくりと疼いた。

『すみません、マージョリー。もう、逃がしてあげられそうにない』

低く呻くように言って、ギードが着ている物を脱ぎだした。

薄暗い照明の中、ギードの白い肌が露わになっていく。大理石でできた軍神像のように完璧な肉体美だ。入浴の時に見慣れているはずなのに、こうしてベッドの上で見るだけで、頭の中が沸騰しそうになる。

なんだか疚しい気持ちになって、思わずぎゅっと目を閉じたマージョリーは、自分の夜着の紐が解かれる感触にバチッと目を開いた。

『あっ……！』

ちょうど紐を解き終えたギードが、がばっとマージョリーの夜着を開いたところだった。入浴後、寝る直前だったから、夜着の下には何も着ていない。一枚剝がせば当然ながら胸もお腹も丸出しになる。

『待って……！』

焦って起こそうとした身体を、ギードが易々と片手でベッドに縫い留めた。

『逃がしてあげられないと言ったはずですよ』

ギードの声は淡々としているのに、こちらを見据える目が爛々としていて、異様な迫力に満ちている。

気圧されてゴクリと喉を鳴らしながら、マージョリーはフルフルと頭を振った。

『に、逃げません！　ただ、恥ずかしいから、あまり、裸を見ないでほしくて……！』

必死に訴えると、ギードは眼差しの圧を緩めたものの、不思議そうに首を傾げる。

『今更？　君の裸なら、もう何度も見ていますよ』

『そ、それはそうなのですけど、なんだか、き、緊張、してしまって……！』

名状しがたい気持ちに耐え切れず、マージョリーは両手で顔を隠した。なんだかギードの顔を見ていられなかった。

するとギードはマージョリーの身体をクルリとうつ伏せにした。

『え、あの、ギード……？』

意図が分からず困惑していると、ちゅ、と肩にキスが落とされる。

『こうして伏せていれば恥ずかしくないでしょう?』

『え……?』

そういう問題ではないのだが、と言いたかったが、ギードのキスが背中にも降ってきたので言えなくなった。

『あっ、くすぐった……』

ギードがキスをすると、彼の髪の毛が背中に直に触れるから、マージョリーはそのたびに身体をピクピクと震わせてしまう。くすぐったいだけではなく、お腹の奥に響くような感じがして、呼吸が速くなった。

『ああ、可愛い、マージョリー……』

ため息のように言って、ギードがするりとマージョリーのお尻を撫でた。ギードの大きな手がするすると自分のお尻を滑る感触が、なんだか心地いい。そういえば、彼に撫でられている時のまるちゃんはじっと動かないでいることが多いのだが、あれは気持ち好いと思っているからなのだな、とマージョリーは思った。

うっとりとしていると、その手が今度はあらぬ場所へと伸ばされたので、マージョリーはハッとなる。

『……ッ』

　ギードの手がふわっと脚の付け根を覆うように触れてきた。そのままぐっと押さえられると、彼の指の関節があらぬ場所に食い込む感じがした。

『っ……』

　マージョリーは息を凝らす。

　自分でもまともに触れたことがない場所にギードが触れているのだと思うと、恥ずかしさに頭が爆発しそうになる。

　だが、夫婦の営みにはそこを使うことも知っている。マージョリーは王女だ。閨教育は初潮が来たと同時に始められたから、知識だけはそこらの若者よりもあるだろう。

　ギードの指はゆっくりと動いた。外側をやんわりと揉むようにした後、指の腹で入口の上についた突起を丸く撫でる。

『……っ、あっ』

　そこに触れられると、身体がひとりでにビクリと揺れた。痺れるような強い快感が走ったからだ。

　マージョリーの反応に気を良くしたのか、ギードはそこを重点的に愛撫し始めた。

『あっ、ギード、そこ……あんまり弄っちゃ……』

　ギードの指が動くたび、ビリビリとした快感がお腹の底を刺激して、身体がどんどん熱くなっていく。自分の内側が蕩けだし、外へ溢れ出していくのが分かった。

ギードにも分かったのか、彼は突起を弄るのとは別の指を、熱くなった入口へと挿し入れた。

『あっ……』

にゅるり、と彼の指が自分の中に入り込んだ。

初めて受け入れる異物に、マージョリーの隘路が戦慄く。だがギードの指を拒むことはせず、ぐにぐにと蠢いて絡みついているのが分かる。

『ああ、君の中、とても熱いのですね』

熱いため息と共にギードが言った。

中に入った指をやんわりと揺らすように動かしている。それだけでも、マージョリーにとっては強すぎる刺激だった。

『それに、とても濡れている。早くここに入りたいけれど……君に負担をかけたくありませんからもう少し……』

そう言ったかと思うと、ギードがそこに口を付けた。

『……ッ!? ギ、ギード!!』

驚いたマージョリーは身体を起こそうとしたが、ギードにペチリと尻を叩かれて怒られる。

『じっとしていてください、マージョリー。これも夫婦の営みの一つです』

『そ、そんな……！』

確かに男性が女性の性器を舐める愛撫の方法があることは知っている。だがそれは閨の授業のかなり後半で教わったもので、初心者がやることではないのではないか。

だがぐるぐるとしている間にも、ギードが口淫を再開してしまったので、マージョリーは考えるのをやめた。やめた、というより、考えられなくなったという方が正しい。

ギードの繰り出す愛撫に、それどころではなくなってしまったのだ。

『……っ、は、ぁっ、あぁっ』

指で陰唇を広げられ、蜜の滴る入口を啜られる。粘着質な水音が部屋に響いたけれど、それを恥ずかしいと思う気持ちはもうどこかへ行ってしまっていた。

肉厚の舌は柔らかく繊細に動いて、乙女の肉を少しずつ解していく。浅い部分をくすぐり、その奥の陰核を転がす。指でされるより、舌先で弄られる方が快感が強いのはどうしてだろう。

『ああ、可愛い……マージョリー……ずっと、こうしたかった……』

ギードは譫言(うわごと)のように言いながら、愛撫の合間にマージョリーの身体中に噛みついたりキスをしたりする。お尻にはもう何度噛みつかれただろう。甘噛みだから痕にはなっていないだろうが、ギードが噛んでいない場所はもうないのではないかと思うくらいだ。

『そろそろ、いいでしょうか……』

ギードがそう言った時には、マージョリーは息も絶え絶えだった。

喋る間も指で陰核を撫でられながら、蜜筒の中を穿られている。中で暴れる指はもう二本に増やされていて、ギードの手はマージョリーの淫蜜で手首まで濡れていた。

『……ギー、もう……』

早く留めを刺してほしい、そんな気持ちで頷くと、ギードはふわりと花が綻ぶように笑った。

『これを抱えて』

普段ギードが枕にしている大きなクッションをマージョリーに抱えさせる。

うつ伏せで膝を立て、ギードにはお尻を向けた体勢のままだ。

『あの……？』

この格好でいいのだろうか、と首を傾げると、ギードは頷いた。

『こちらの方が君に負担がないと思います』

そうなのか、と素直に納得し、マージョリーはクッションに顔を埋めた。

なんだか四つ足の獣のような格好だけれど、こういう交わり方があることも勉強済みだ。

ふう、と息を整えていると、熱い手がお尻に触れた。そして陰唇を割り開くようにされた後、ヒタリと何かが宛てがわれる。

マージョリーはごくりと唾を呑んだ。

『力を抜いて』

ギードが言って、頷く間もなく、ぐぐぐ、と熱く硬いものが押し入ってくる。

内臓を押し上げられるような感触に息を呑んでいると、ある時点で彼は動きを止めた。

『っ！　あ、……っ』

そして前に倒れるようにして、マージョリーに覆い被さってくる。

彼の大きな身体に背中から抱き締められて、ホッとした。ギードの体温や肌の匂いに、身体が自然と安堵してしまうのだ。

マージョリーの身体から力が抜けたことが分かったのか、ギードは再び腰を動かし始める。浅く出たり入ったりを繰り返され、マージョリーは息を詰めるようにしてその衝撃に耐えた。徐々に奥へ奥へと侵入されていくのが分かる。

背中に感じる彼の身体が熱い。ひたすら受け止めるマージョリーとは違い、ギードは身体を動かし続けているからだろう。

『いきますよ』

不意にギードの声がした。どこにいくのだろう、と思った瞬間、腰を素早く打ち付けられ、目の前に火花が散った。

『いあぁっ！』

閃光のような疼痛に、悲鳴が出る。腹の中を食い破られたかのような、そんな内側の痛みだった。

ありえないほどの質量が、自分の身体に突き刺さっている。太い雄蕊を咥え込むために、蜜口の粘膜が最大限に伸ばされ引き攣って痛いほどだ。

――ああ、入っている……。

自分の中を、ギードが埋めている。その実感に目頭が熱くなった。

『すみません。でも、これで全て入った……』

痛みに硬直するマージョリーの身体を長い四肢を使って抱き締めながら、ギードが言った。鮮烈な痛みに身悶えしながらも、マージョリーは喜びに声を震わせる。

『……こ、これで、私は、あなたの本当の妻に……？』

『ええ、僕たちは夫婦になりました。愛し合い、与え合う夫婦に』

『……嬉しい……』

ぽろり、と涙が零れる。

ずっとずっと、ギードの本当の妻になりたかった。

その願いがようやく叶ったのだ。

嬉しくて、幸せで、もうこれで死んでもいいとさえ思った。

『嬉しい……愛しているわ、ギード』

涙声で繰り返していると、ギードの手に顎を摑まれ、後ろからキスをされる。

首を捻った状態のキスは苦しかったけれど、それ以上に幸せだった。

——ああ、これが愛なのね。

噛みついたり舐めたり、まるで獣のようなキスをしながら、マージョリーは実感した。

愛する人を求め、求められる、その奇跡のような幸せを、愛と呼ぶのだ。

『マージョリー』

キスの合間に名を呼んで、ギードが再び腰を揺らし始める。

『あ……』

先ほどまで感じていた破瓜の痛みはもう消えていた。代わりにあるのは、自分の胎（はら）にみっちりと嵌まったギードの熱塊を愛しいと思う気持ちだった。

ず、ず、と自分の肉筒の中を、硬いものが行き来する。

はじめの方は引いては寄せる波のようにゆったりとしたリズムだったのに、次第に加速していき、気づいた時には息もできないほどもみくちゃにされていた。

『あ、あ、ああ、ひ、も、やぁ……！』

媚肉をこそがれ、一番奥を穿たれるたび、悲鳴のような嬌声が漏れた。お腹の中がいっぱいで苦しいのに、身体の芯が疼いていた。

それが快楽の火種だと、マージョリーは本能で分かった。重怠（おもだる）く苦しいこの行為は、相手がギードでなければ苦痛でしかないものだろう。これは内側から自分を壊される行為だ。

侵入され、征服されようとしているのだから。

だがその侵略者がギードだというだけで、マージョリーにとっては征服ではなく変化になる。愛する者に内側から壊され、新しい自分となるのだ。

そう思うと、下腹部の圧迫感が少し緩んだ気がした。

『今、君の中がぎゅっと動きました』

『え……？』

『ほら……』

ギードがそう呟いて、片手を腹の方へ回す。滑らかな肌を楽しむように下腹部に掌を当て、そこをそっと押した。

『あっ……』

大きな手でぎゅうっと押さえられると、中にいるギードの形がはっきりと分かる。妙な感触だったけれど、痛痒いような疼きが増して、身体が熱くなった。

『ここに僕が入っている。……分かりますか？』

低い問いかけに、マージョリーはコクコクと首を上下する。ギードと繋がっている――

その事実が嬉しいのに、恥ずかしかった。

顔が真っ赤になっているのが見なくても分かる。

きっとギードにも分かったのだろう。ふ、と吐息で笑うと、腹を押していた手をスッと下方へと移動させた。

『……っ』

マージョリーは息を呑む。

ギードの手が到達したのは、彼と繫がっている、まさにその場所だ。挿入している最中にもそこに触れるものなのだろうか。

マージョリーの困惑を他所に、ギードは指で陰核に触れた。

『あぅっ』

指の腹で包皮の上から捏ねられて、強烈な快感にマージョリーは四肢を硬直させる。

『ああ、ここが気持ち好いのですね』

うっそりと言って、ギードは肉粒を捏ねる指の速度を速めた。

『あっ、ぁあ、ギード、それ、だめぇっ』

くりくりと優しく、けれど執拗にそれを嬲られ、快感の渦に巻かれたマージョリーは仔犬のように鳴いた。四肢が戦慄き、腹の奥が焼けるように熱い。愛蜜が奥から湧き出し、膣内にいるギードをぎゅうぎゅうと食い絞めるのを感じた。

『……ッ、マージョリー……』

ギードが呻くように名を呼んで、ずるりと中から肉茎を引き摺り出す。

腹の中をみっちりと満たしていたものがなくなり、寂しさを覚えた次の瞬間、硬く太いものを再び叩き込まれた。

『ヒァッ！』

『ああ、マージョリー、マージョリー！』

繰り返し名を呼びながら、ギードが狂ったように腰を叩きつけてくる。

速いリズムで何度も何度も最奥を抉られて、マージョリーの身体が熱く滾っていった。

太く張り出した雁首に擦られるたびに、淫襞が強請るように自ら絡みつき、搾り取ろうと収斂（しゅうれん）する。

――ああ、頭が、おかしくなる……！

ギードの荒い呼吸が愛しい。背中に落ちる汗が愛しい。

自分の一番奥を、彼の硬い切先で叩かれると、甘い痛みが脳を直撃する。

酒に酔った時のような酩酊（めいてい）感を覚えながら、マージョリーは快感の波に呑み込まれていった。

『っ、ああ、もう、イク……！』

何かを堪えるような一瞬ののち、ギードが唸り声で宣言する。

ギードの熱杭が更に一回り大きくなるのを己の胎の内で感じ取りながら、マージョリーもまた高みへと駆け上がる。

『あ、あああ……！』

ギードが全身を使ってマージョリーの身体を抱き締めながら、内側で己を解放した。

びくん、びくんと痙攣する雄蕊が愛しい。彼を抱き締めたいと思うのに、何故か急速に眠気が襲ってきた。

『な……？　こ、これは……！』

驚愕するようなギードの険しい声が、どこか遠くで聞こえる。

それが気になるのに、どうしてか意識はどんどん遠のいていき、やがて真っ暗な眠りに沈んだ。

＊＊＊

木の葉の間から注ぐ柔らかな陽光に、マージョリーは目を細めた。

よく晴れた午前中の森の空気は清々しく、樹木や草や土といった自然の香りに心が洗われるような気がする。

これほど爽やかな環境下にいながら、マージョリーの気分は晴れなかった。夢見が非常に悪かったのだ。

マージョリーはそっとため息を零した。

一度目の人生のことを夢に見るのはもう慣れている。過去の出来事のおさらいができる、と逆に喜んでいたくらいだったが、昨日の夢はいただけない。

（あんな……、ギードとの初夜の夢を見るなんて……！）

破廉恥極まりない。いくら自分の過去とはいえ、夫婦の情事を生々しく再現した夢など、見たいわけがない。

（これもギードと再会してしまったせいなのかしら……？）

突然モランに現れた元夫のことを忌々しく感じながら、マージョリーは乗っている葦毛の愛馬の首を撫でてやる。大人しい性質の愛馬だが、今日の同行者には落ち着かないようで、いつもよりも忙しない動きで歩を進めている。

「……ごめんなさいね、サスキア。もうすぐ着くから……」

今日、自分の愛馬に無理をさせているのは分かっている。こっそりと謝りながら、マージョリーは木々が連なる森の道の先へ目を遣った。

目的地であるデニソア湖はもうすぐだ。

古のモランの王子がこの湖の精霊と恋をしたという伝説があることから、デニソア湖はモランの王族にとって馴染み深い場所だ。

（……子どもの頃は、夏になるとお父様やお母様と訪れたものだわ……）

この湖は季節によって水の色が変わる。湖水の中の微生物の種類が季節によって変化するせいだと言われていて、夏には澄んだブルーグリーンになる。周囲の森の緑と相まって、それはそれは美しい光景になるのだ。母がその景色をいたく気に入っていたため、夏にデニソア湖を訪れるのが一家の恒例行事となっていた。

（お母様が亡くなってからは、それもしなくなってしまっていたわね……）

「マージョリー」

心の中で母を偲んでいたマージョリーは、不意に名を呼ばれてビクッとした。

（……いけない。私ったら、つい現実逃避をしてしまっていたわ……！）

声のした方へ顔を向けると、少し離れた場所に大きな馬のような生き物に乗ったギードが微笑んでいるのが見えた。ちなみに、馬のようなのに角が生えている。

マージョリーは父王の命令で、レーデ王ギードにこの国の観光地を案内することになった。デニソア湖訪問は、その一環なのである。

ちなみにこの角の生えたよく分からない生き物は、まるちゃんなのだそうだ。本当は馬に乗ってもらおうとしたのだが、厩舎中の馬がギードを見た瞬間に怖がって暴れだし、収拾がつかなくなったのだ。そこでギードが苦く笑いながら「僕は大丈夫です。まるちゃんに乗っていきます」と言ってまた例の「分裂」をしたというわけだ。

「なんでしょう、陛下」

にこりと儀礼的な笑みを浮かべて相槌を打つと、ギードは口の傍に手を立てて少し大きな声を出した。

「デニソア湖はまだでしょうか？」

「もう間もなくですわ」

マージョリーも彼と同じように口元に手を立て、声を張って答える。

ギードたちがマージョリーから数メートル離れているのは、近づきすぎるとサスキアが怯えてしまうからだ。動物には本能的に彼らの魔力の強大さが分かるのかもしれない。

短い会話の後、ギードは困ったような顔になった。

「これでは君とお話しするのも大変です。君もまるちゃんに乗ったら良かったのでは？」

「まあ、私が陛下と共乗りするなど、恐れ多いことですわ」

すかさずやんわりといなしたが、マージョリーは心の中でブンブンと首を横に振っていた。ギードにぴったりと寄り添って共乗りするだなんて、そんな恐ろしいことができるわけがない。

（できるなら離れていたいのに……！）

離れていたいどころか、今世では会うべきではなかった人なのに。

だがこうして会ってしまった以上、彼の目的を知らなくてはならない。

（一体、彼に何があってまるちゃんと融合したり、レーデの王になってしまったりしたのかは気になるけれどこの際おいておくわ。問題は、彼がこのモランにやって来た理由よ）

父王には「モランと友好関係を築くため」と言っているらしいが、本当のところどうなのかは分からない。なにしろ、一度目の時にはモランを崩壊させた国である。友好関係を築くと見せかけて——というのはあり得ない話ではない。

そもそもレーデの国王になったという割に、ギードは供の一人も付けていない。それを本人に訊いてみたら「魔王である僕は、誰からも守られる必要がありませんから」とにこやかに返された。そういうものなのか、と頭の中に疑問符が浮かんだが、父王は目を輝かせて「なるほど！」と納得していたので、それ以上何も言えなかった。

（お父様もなんだか様子がおかしいような気がするし……）

これまで非科学的なことを否定し続けてきた父が、ギードを目の前にすると掌を返したように彼の言うことを鵜呑みにしているのも、不審感が募っている一因だった。

謁見室の前に詰めかけていた騎士団は、ギードを招き入れる前に父が指示して配置したらしい。不測の事態が起こった場合、父の合図ですぐに突入できるようにしてあったのだ。

（王として正しい判断だわ。唐突に現れた異国の王を名乗る男を、そう簡単に信用できるはずがないもの）

だが蓋を開けてみれば、謁見後、父王はギードをすっかり信用し、ほとんど彼の言うがままになってしまっている。ギードが魔導術で操っているのだろうかと疑ったが、人を意のままに操るような魔導術は、論理的には存在するが、不可能だと聞いたことがある。非常に繊細かつ高度な技術力と、人を操っている状況を維持するための膨大な魔力が必要なのだとか。

（……でも『魔王』として覚醒したギードだったら……？）

実現可能なのでは、と考えたところで、ギードの楽しげな声が聞こえた。

「おや、湖が見えてきましたね」

ハッとして顔を上げれば、森の中がぽっかりと開き、その奥で水がキラキラと光っているのが目に映る。

「ああ、デニソア湖ですわ！」

懐かしい景色に自然とホッとして、マージョリーは愛馬の速度を速めた。

夏の新緑を鮮やかに茂らせた森の木々を、湖面が鏡のように映し出している。湖面の中にも同じ世界があるかのように見える景色は圧巻で、思わずため息が零れた。

「これは見事ですね」

後ろから付いてきたギードの声に、マージョリーは慌てて馬を降りる。ギードが傍に来たら、サスキアが怯えてしまう。手早く愛馬を近くの木に繋ぐと、マージョリーは自ら彼の方へと駆け寄った。

近づいてくるマージョリーに、ギードは満面の笑みで「さあ、来い！」と言わんばかりに両腕を広げた。

「……」

広げられても、という話である。この腕の中に飛び込んで来いという意味なのだろうが、するわけがないだろう。

ギードの数歩手前で立ち止まると、彼は不思議そうにコテンと首を捻る。

「どうぞ？」

まだ言うか、と言いたいのを堪えて、マージョリーは真顔で沈黙を貫いた。

無視されたギードはしばらく両腕を広げたままだったが、やがて諦めたのかしょんぼりとしながら腕を戻した。すると彼の背後にいる大きな黒い生き物までしょんぼりとしたように見えて、マージョリーはそちらへ視線を向ける。

（……この生き物が、まるちゃん、なのよね……）

ギードの長軀を越えるほどの巨体は、まるで鋼でできた馬のようだ。目も鼻も口もない小さな頭部には、大きな二本の角がにょっきりと生えている。

小さくてプルプルしていたあの頃のまるちゃんとは似ても似つかない姿だ。

マージョリーの視線に気づいたのか、まるちゃんが頭をこちらへ寄せるように動く。

ギードが気づき、まるちゃんの動きを抑えようと片手を上げたが、マージョリーは慌てて「待って」とそれを制した。

「……あの、触れてみても……？」

その申し出が意外だったのか、ギードは軽く目を瞠ったものの、ダメだとは言わなかった。

「それは、構いませんが。……恐ろしいのでは？」

「ええと、見たことがない生き物ですから、少し戸惑いますけれど。でも、とても可愛らしいと思います」

マージョリーがそう答えると、まるで言葉が分かるかのように、まるちゃんが嬉しそうに顔を擦り寄せてきた。

「まあ」

そのつるりとした体表の触り心地に、マージョリーは思わず微笑んだ。

（以前のまるちゃんと同じだわ）

そのことに胸がいっぱいになって、手を伸ばしてその頭をよしよしと撫でる。するとまるちゃんが「ぎゅわぎゅわ」という声を発した。その声までもが懐かしくて、マージョリーはクスクスと笑った。

「なんて人懐っこいの！　可愛いですね！」

無心でまるちゃんを撫でまくっていると、ギードがパチンと指を鳴らした。

その途端、まるちゃんの輪郭がぶれ始め、ブワッと黒い湯気のようなものに変わる。

「きゃあっ」

驚くマージョリーを他所に、黒い湯気はギードの身体へとあっという間に吸い込まれてしまった。

（またギードに角が生えているわ……）

マージョリーはつい胡乱な眼差しを向けてしまう。

さっきまでなかった角が、彼の形の良い頭からにょっきりと伸びている。何度見ても違和感しかない光景である。いや、違和感ではないのかもしれない。なぜなら、その禍々しい角は、世界を超越したかのようなギードの絶世の美貌と合わさると、この世のものならざる雰囲気が出てきて妙に様になる。要するに、似合ってしまっている……ような気がする。単に見慣れてきただけな気もするが。

「ま、まるちゃんは……」

「融合しました」

淡々と答えるギードは、なんだかムスッとしていて不機嫌そうだ。

「ま、まあ……残念ですわ。もっとまるちゃんと戯れたかったのですけれど……」

久しぶりにあの可愛い生き物と触れ合えたのだからと思い、つい文句を言うと、ギードは恨めしげな目でじっとりと睨んできた。

「……僕のことはあんなふうに撫でたりしないくせに……」

「はい？」

何を言っているのだろう、この魔王様は。

「僕を撫でますか？」

「いえ、結構です」

即座に断ると、ギードはそのまま沈黙した。

二人の間をそよそよと風が流れていく。

妙な空気になっている自覚はあったが、ここでギードのよく分からない押しの強さに流されるわけにはいかない。強い決意で沈黙に耐えていると、ギードは気を取り直すように咳払いをした。

「ここは王家のお気に入りの湖だとか」

マージョリーは話題が変わったことにホッとしながら頷く。

「はい、ここは王家ゆかりの伝説が残る場所ですから……」

デニソア湖に行きたいと希望してきたのはギードだった。だからてっきりモランの王子と精霊の伝説を知っているからだと思ったのに、ギードは「それは知らなかったですね」と驚いた顔をする。

「伝説をご存じだからここへ来たいと仰ったのだと思っておりましたわ」

この湖は確かに美しいが、城下町から離れた森の中にあるため、自然以外に見るべきものはない。モランのことを知りたいなら、もっと他に神殿や離宮といった歴史的な建築物の方がいいのではないかと思っていたのだ。

するとギードは「ふふ」と意味深長な笑い声を立て、こちらに一歩近づいた。

マージョリーは咄嗟に後ずさりしそうになったが、他国の王族相手に失礼に当たるという理性が働き、グッと堪えてその場に留まる。

こちらが動けないのをいいことに、ギードは妖しいほど艶やかな笑みを浮かべたまま、手を伸ばしてマージョリーの髪に触れた。結い上げて帽子の中にしまってあったけれど、乗馬の振動で一房解れてしまったらしい。

（こ、婚約も結婚もしていない男女がこんなに接近するなんて、マナー違反だわ……！）

頭の中で叫んでも、なぜか口から声が出て来ない。

近づきすぎてギードの匂いを感じて、懐かしさに心が解けてしまっている。

彼の傍にいたい。彼をもっと感じていたい――そう叫ぶマージョリーの恋情が、理性の声を聞いてくれないのだ。

相反する感情の葛藤に唇を引き結んで耐えていると、ギードは名残惜しげに髪から手を放した。

「いいえ。僕がここに来たいと言ったのは、君がこの湖の話をしてくれたからですよ」

「え……？」

そんな話をした覚えはないのだが、とマージョリーは眉を寄せる。

ギードが王城に現れてまだ二日目。マージョリーは彼のいる場所をことごとく避けていたので、最小限の会話しかしていないはずだ。

　表情で言いたいことが分かったのか、ギードがクスリと笑った。

「君が覚えていないのも無理はありません。なにせ、これは君が僕の妻だった時の話ですから」

「――ま、まあ、いやですわ、陛下。またそのようなお戯れを……」

　表面上はなんとか落ち着いて社交辞令を述べてみせながら、マージョリーは内心盛大に狼狽えていた。確かに、一度目の時にデニソア湖のことを話したことがあった気がする。

　またしても一度目の人生のことを持ち出してくるとは。

（覚えていないと言ったのに、信じていないのかしら……）

　それとも、彼がモランにやってきた理由は、一度目の人生に関わることなのだろうか。

　脳内でいろんな情報が動きだしたが、どれも確証がないので結論は出ず堂々巡りだ。

（それを探るために、今私はここにいるのよ。しっかりなさい！）

　自分自身を叱咤して、マージョリーはギードをまっすぐに見た。

「以前から陛下は私を妻だと仰いますが……それはどういうことなのか、ご説明いただいても？」

　のらりくらりと逃げていても、ギードは距離を詰めてくる。ならばこちらから踏み込んでみるまで。

マージョリーの態度の変化に気づいたのか、ギードが一瞬赤い目を見開いた。だがすぐにその目は弧を描く。

「言葉通りですよ。君は前の人生では僕の妻でした。……ああ、前の人生と言っても、いわゆる『前世』とは違います。君はあくまで君のまま。僕が時間を巻き戻してしまったから記憶がないだけなのです」

「時間を巻き戻す……そんなことが、本当にできるのですか……？」

淡々と言われて、マージョリーは呆然と呟いた。時間が巻き戻ったことは、実体験から理解している。だがそれがギードによる魔導術だったのだと言われても、やはりピンと来なかった。一度目の人生でギードが使える魔導術は限られていて、高度なものは上手くできないのだとしょんぼりする姿ばかり見ていたせいなのかもしれない。

信じられないでいるマージョリーに、ギードがくつりと喉を鳴らす。

「もちろん、時間魔導術は非常に難しく、魔力の消耗も激しい。下手をすれば術者の命を奪うだけでなく、世界すらも崩壊させてしまう危険があるため、我が国では禁術と定められています」

「そ、それなら、どうしてあなたに……」

「ただ一つ、この術を使っていい存在がいる。それが『魔王』です。――ああでも、それは結果論ですね。禁術を使って生き残ることができた者を、『魔王』と呼ぶようになった、が正しい言い方だ」

　ギードの声はとても静かだった。それなのに、マージョリーの身体の芯を震わせる力があった。

　息をするのも忘れて、マージョリーは目の前の異形の男性を見つめる。

　細められたギードの瞼の隙間から覗く赤い瞳が、キラキラと煌めいていた。それが燃え盛る炎のようで、マージョリーは逃げなくてはいけない気がして、足をじりじりと後ろへ下げる。気を許せばあの炎に絡め取られ、あっという間に燃え尽きてしまうだろう。

　そんな彼女の退路を断つように、ギードはそっと細い肩に手を置いた。大きな手は温かく、その温もりに泣きたくなるほどの懐かしさを覚えた。

「前の時に、僕は君をとても傷つけてしまいました。だから時間を巻き戻した。君とやり直すために」

「や、やり直すって……」

　訊き返す声が震えた。頭の中がぐちゃぐちゃだった。

（ギードは私を殺した。私は、あなたを愛していたのに……。あなたは違うから、私を殺したのでしょう？　それなのにどうして、私とやり直したいなんて言うの……？）

　彼を信じたい。だが信じられない。

　交錯する想いに、胸が張り裂けそうだ。

動揺が身体にも表れたのか、身体中がカタカタと小刻みに震え始める。ギードを凝視したまま沈黙するマージョリーの左手を取って、元夫はその場に跪いた。

掌に唇が落とされる。掌へのキスが表すのは、『懇願』の意だ。

「どうか、僕ともう一度夫婦になってはいただけませんか、マージョリー」

頷けるわけがない。

自分を殺した人間と、どうしてもう一度やり直そうと思えるのか。

（――でも、もし……、もし、一欠片だけでも、私への愛情があったというのならば……。そして、私と共にあることが、あなたの幸せであってくれるのなら……）

頷いてしまいたいと願う、確かな恋情がマージョリーの中にはあった。

ギードの幸せのためなら、自分が死んでもいいと思ったこともある。

けれど本当は、彼も自分と同じ愛情を抱いてくれていたら、と心の奥底で願っていた。

マージョリーがギードの傍にいられるだけで幸福だと感じていたように、自分と共にあることが彼の幸福であってくれたなら、と。

だがそれは叶わぬ夢だ。レーデ人には『片翼』という存在がある。モラン人であるマージョリーは、ギードの唯一無二である『片翼』には絶対になれないのだから。

自分の恋情を振り切るようにして、マージョリーは腕を引いてギードの手の中から自分の手を救い出す。掌にはまだ彼の唇の感触が残っていて、それを打ち消そうとぎゅっと拳を作った。

「――申し訳ございません、陛下。私は陛下の妻にはなれません」

拒絶の言葉は、彼の目を見て言えなかった。過去の自分が愛したあの野いちごのような目を見てしまうと、決意が揺らいでしまいそうだったから。

「……理由を訊いても？」

求婚を断られたというのに、少しも落ち込んだ様子を見せず、ギードはすっくと立ち上がる。

背の高い彼が立ち上がると、それだけで威圧感が倍になる。

マージョリーは俯いたままじりじりと後ずさりをしたが、後ろに下がった分ギードが前に歩を進めてくるので、距離は一向に開かない。

「わ、私は、モランの唯一の王女で、王太子です。父王の後、この国を継ぐ王族は私一人しかいないのです。レーデに嫁ぐことはできませんわ」

早口の言い訳に、ギードは晴れやかな声で笑った。

「なるほど、そんなことが理由ですか。ならばご安心を。僕と結婚したとしても、君はモランの王になれますよ。定期的にレーデとモランを行き来すればいいだけの話です」

「……え、ええっ!?　そ、そんな、無茶なお話ですわ！」

ギードが言っているのは、モランの女王とレーデの王妃を兼任するということだろう。

焦って首を振るマージョリーに、ギードは不思議そうに眉根を寄せる。

「南の大陸では、過去に一人の王が二つの国の王を兼任したという事実があったはずです。不可能ではありませんよ」

「それは同じ大陸に国々がある場合ならば可能かもしれませんが……！　モランとレーデでは、大陸を異にしていて、船旅は長期間に亘るでしょうし、遭難する可能性だってありますもの。一国の王がそのような危険を冒してまで行き来するなど、とてもではないけれど、現実的ではありません」

マージョリーの反論に、ギードはクスクスと笑いだした。

「船旅などする必要はないのですよ。僕がいるのですから」

「え……」

「転移魔導術です。僕なら君を抱えていたとしても、レーデまで一秒もかからない」

「──そんなこと、可能なのですか……？」

マージョリーは愕然とした。

空間移動の魔導術があることは知っていたが、実際に使っているのを見たことはなかった。エルナが、移動する距離や送るものの体積にもよるが、多大な量の魔力を消耗するため、使われることはほとんどないと言っていた。

一度目の人生でも、レーデ軍は船でモランまでやってきていた。

だから実現がほぼ不可能な魔導術であったことは間違いないのだ。

(本当に、この人は『魔王』という存在になったのね……)

なんとも奇妙な心地だった。一度目の人生では、彼の境遇を改善したくて、彼の能力が開花すればいいのにと願ったこともあったけれど、今は複雑だ。能力が開花していなければ、彼がここにいることもなかっただろうから。

「ええ。ですから、安心して僕と結婚できますよ」

「え、その、それと結婚とは……」

別の話だ、ともう一度断ろうとしたマージョリーを、ギードが片手を上げて止めた。

「どうか断らないでください。できれば、酷いことはしたくないのです」

「え？　酷いことって……」

「君に断られれば、僕は悲しみのあまりこの国を滅ぼさなくてはならなくなります。どうかそんなことをさせないでください」

「――」

ザッと血の気が引くのが分かった。

「……な、何を……」

脳裏をよぎったのは、瓦解(がかい)したモランの光景だ。一度目の人生で味わった惨敗を思い出し、カタカタと震え始める指先を、ギュッと手を握り込むことで隠す。

怯えるマージョリーに、ギードは優しげな微笑みを浮かべた。

「僕はもう一度君を妻にするために、魔王になりました。魔王が魔王と呼ばれるのは、何も強いからというだけではない。魔王の本性が非常に残忍だからです」

まるで愛を囁くかのような甘い口調で言いながら、ギードがマージョリーの髪に触れた。解れていた一房がよほど気になるのか、それを指先で弄んでいる。

「今僕が理性を保っていられるのは、君と生きていくという希望があるから――ただそれだけです。もし君に拒まれれば、僕は理性を失い、君が拒む理由となったこの国を滅ぼしてしまうでしょう。ね、僕って憐れでしょう？」

何が憐れだ、と奥歯を嚙み締める。結婚に同意しなければ国を亡ぼすと脅す悪魔のような輩に、同情の余地など欠片も存在しない。

そう啖呵を切って、この無駄にきれいなご尊顔をビンタしてやれたら、どれほどスッキリするか。

（嘘でしょう？　何を言っているの、この人は……！）

――結婚か、滅亡か。

なんという二者択一だろうか。あまりに慈悲がなさすぎる。

（ギードは本当に『魔王』になってしまったのだわ……！）

前のギードなら絶対にこんなことは言わなかった。いつだってマージョリーの意思を尊

重してくれた、優しい人だったのに。

マージョリーは泣きそうになりながらギードを睨む。だが涙の浮かんだ目で睨んだところで、迫力はないに等しい。

「私を脅迫なさるのですか……！」

非難を込めて訊けば、ギードは目を丸くして、困ったように微笑んでみせた。

「……脅迫だなんて。僕は、ただ事実をお伝えしているだけです」

完全に脅迫である。国と己自身を天秤にかけて、どちらに傾くかなど言うまでもない。

マージョリーはがっくりと項垂(うなだ)れると、絞り出すような声で言った。

「――求婚をお受けいたしますわ、魔王様」

選択の余地など、まったくなかった。

こうしてマージョリーは、自分を殺した男と再び結婚する羽目になったのだった。

第五章　魔王様と蜜月（ハニームーン）

シュン、というかまいたちのような鋭い空気音と同時に、グラリと視界が揺れた。

「うっ……！」

酷い眩暈がして呻き声を上げると、頭上で「すみません」と低い美声が響く。

「転移魔導術は慣れていないと眩暈がするのです。少しだけ我慢してくださいね」

こちらを気遣うような声音に、マージョリーは込み上げる吐き気を堪えながらなんとか頷いた。

（気持ち悪い……！）

だが心の中で嘆いた瞬間、その気持ち悪さが水に流されたようにスッと消え失せ、マージョリーはパッと目を開く。

「あ……」

目に飛び込んできた景色は、既にモランではなかった。

円筒形をした大きな建物は一見すると城には見えない。それもそのはずで、この建物は元々古代のレーデ王が己の霊廟として建築したものだ。その後別の王によって周囲が頑丈な壁で取り囲まれ、要塞としての機能が備わったのだ。城の頂上には大きな彫像が立てられている。

城の東には大きな川が流れ、城と向こう岸を繋ぐ壮麗な橋がかかっていて、川の向こうに広がるのは針葉樹の森が広がる黒々とした景色だ。

「ここは……」

レーデだ、とマージョリーは苦々しい懐かしさと共に思う。

離宮から出ることのなかったマージョリーだが、一度だけこれと同じ光景を見たことがある。モランから嫁いで来たその日だ。モランの建築様式と異なる城は異様に見えて、とても恐ろしく感じたことを覚えている。

ぼんやりとその光景に見入っていると、ギードがそっと声をかけてきた。

「……何か思い出しましたか?」

問われて、少し困ったように微笑みながら「いいえ」と首を横に振った。

するとギードが小さく息を吐いたので、マージョリーは「あら?」と思う。

(……なんだか、ホッとしている……? でも、なぜ?)

ギードはマージョリーに一度目の人生の記憶を取り戻してほしいのだとばかり思っていた。自分たちが夫婦であったということを、やたらに主張したがるからだ。

「そうですか」

ギードはそれ以上追及せず、長い腕を伸ばして遠くに見える建物を指差した。

「あれがレーデの王城、サンクウィド城です」

「……レーデの王城……」

マージョリーは信じられない気持ちでその光景を見遣った。

つい数秒前にモランの王城の中でギードに抱え上げられたと思ったら、次の瞬間にはここに立っていたのだから、ギードが空間移動できるというのは本当だったようだ。

(……私と結婚するための方便かもしれない、と思わなくもなかったけれど……)

なにしろ、結婚しなければ国を亡ぼす、と脅しにかかるような男である。嘘くらいついても不思議はないと思っていたのだ。

ちなみに、今日は求婚を受け入れた翌日である。一体どう言いくるめたのか、ギードが父王と二人きりで話をした後には、マージョリーは着の身着のままギードとレーデへ向かうことになっていた。

(やっぱり魔導術でお父様を意のままに操っているのでは?)

と、また疑惑が湧いてきたが、それを明らかにする暇など与えられず、今ここにいるというわけである。

「ここがレーデ……。モランとは、ずいぶん雰囲気が違うのですね」

温暖で湿気の多いモランとは違い、レーデの空気は冷たくて乾いている。気候が違えば生息する動植物も変化するため、雰囲気は違って当然だ。

「少し寒いでしょうか？　レーデはこれから春になるのですが、モランの春とは比べものにならないくらい寒いですから……」

ギードは説明しながら、横抱きにしていたマージョリーの身体を自分のマントで覆った。

「これで少しはマシですか？」

「あ、あの、陛下。降ろしてください。私は歩けます」

ギードに抱えられたままでいることをようやく思い出し、マージョリーはモゾモゾと身体を動かしたが、ギードの腕は強固な檻のようでピクリともしない。

「まだ降りるには早いですよ。ここから城まではまだ距離がありますから」

「えっ？　なぜ城の中に直接移動しなかったのですか？」

不思議に思って訊ねると、ギードは静かな声で言った。

「……君に、この景色を見てもらいたかったのです」

「この景色を、ですか……？」

そんな理由があったとは思いもせず、マージョリーは驚いて彼の顔を見る。

ギードは少し歪んだ笑みを浮かべていた。どこか皮肉げなその表情は、自嘲しているようにも見える。

「前の人生では、僕は君をみすぼらしい離宮の中に閉じ込めることしかできなかった。僕が弱かったせいで……。その償いがしたいのかもしれません」

　そんな、とマージョリーは思った。

（……あなたは私を守ってくれていたわ。閉じ込められているなんて、思いもしなかったのに……）

　そんなふうにギードが思っていたなんて、知らなかった。

（私は、幸せだった。あなたと一緒に、あの離宮で……）

　互いを守るように寄り添い合う時間は、温かく、優しく、幸せだった。

　だからそんなふうに後悔なんかしなくていいのだと、言葉にして伝えようとして、マージョリーはすぐに口を閉じる。

（……いけないわ。私は、一度目の人生の記憶がないことになっているのよ）

　自分が彼に殺されたことを覚えていると知れば、ギードがどんな行動に出るのか、マージョリーには予想もつかない。今のギードの意図が分からないからだ。

（……彼はなぜ、一度殺したくせに、また私を妻にしたがるのかしら……）

　殺すくらいなら、関わらなければいい話だ。まったく矛盾している。

　そしてやり方も強引すぎる。国を亡ぼすと脅迫までするなんて、手段を選んでいないことが窺える。

(私は、その理由を知らなくてはならない)

でなければ、もう一度ギードと共に生きるなんて無理だ。

幸いなことに、ギードとマージョリーはまだ婚約者という関係だ。当然だろう。王族同士の政略結婚という形になるだろうから、モランでも盛大に祝われるべきだし、国と国との間でなんらかの協定が結ばれるはずだ。

それらを一切すっ飛ばしてマージョリーがここにいること自体が異常なのだが、やたら機嫌の良い父王に「婚約者の国を訪問してこい」と命じられてしまえば、マージョリーに否やはない。

「……陛下の仰ることはよく分かりませんが、私はこうしてレーデの地を見ることができて、とても嬉しいと思います」

後悔などしなくていい、とは言えないけれど、精一杯の気持ちを伝えると、ギードは苦く微笑んだ。

「僕の自己満足にすぎませんが、お付き合いくださると嬉しいです」

そう静かに言うと、ギードは前触れもなくヒュウッと空高く舞い上がった。

マージョリーが盛大な悲鳴を上げたのは、言うまでもない。

(空を飛ぶなんて、聞いてないのですが!?)

羽もないのにどうして空を飛べるのか、とも思ったが、空を飛ぶどころか空間移動できる人間相手には、言っても詮無いことかもしれなかった。

＊＊＊

空中を散歩するという恐怖体験の後、マージョリーたちは王城へと入った。

空から直接バルコニーへ舞い降りるという、とんでもない帰還方法だったにもかかわらず、城の人々は当然のようにギードを迎え入れた。

（な、慣れているのかしら……）

そういえば国王が一人でどこかへ行ってしまったというトンデモ事態なのに、特段慌てた様子もないから、ギードの自由奔放な行動は今のレーデでは普通のことなのかもしれない。

もちろん、モランならあり得ないことだけれど。

「魔王様、ご帰還です！」

「おかえりなさいませ、魔王陛下！」

「おかえりなさいませ！」

ギードのためにガラス戸を開けて待つのは、近衛兵だろうか。モランとは違う意匠だが、一見して制服だと分かるかっちりとした作りの衣装を着て、腰には長剣をさげている。

バルコニーには近衛兵の他にも執政官らしき者や、侍女のような姿をした者までが揃っている。まるで謁見室のようだ。これほどの数の人が集っているということは、この部屋のバルコニーが空飛ぶギードの出入り口になっているのかもしれない。

魔王様、魔王様、と王の帰還を喜び集う人々に、ギードは鬱陶しげに顔を顰める。

その刹那、周囲が一瞬で沈黙した。人々は黙ったままサッと低頭しギードのために道を空ける。

(……すごい。彼は本当に、レーデの王となったのだわ……)

王の表情の変化を皆が注視しているのがよく分かる瞬間だった。

人々のギードへの崇拝がこれほどとは思っておらず、マージョリーは感慨深い気持ちでそれを眺めていた。

(……一度目の時にあれだけ冷遇されていたのが嘘のよう……)

兄王子たちから嫌がらせをされ、使用人にまでばかにされていたというのに。

ギードもまるで人が変わったかのようだ。魔王らしく傲然とした態度で周囲を睥睨する様子に、複雑な気持ちになってしまった。

(前のギードは……こんな怖い顔をしたりしなかったわ……)

ついそんなことを考えていると、そっと床に降ろされる。

足が床につく感触に、ホッとため息が零れた。立てるってありがたい。先ほどまでの空中散歩は、確かにものすごくいい景色ではあったが、いつ落ちるか分からない心許なさに、絶景を楽しむ余裕などなかった。

　脚が震えていないだろうかとその場で足踏みをしていると、ギードが手を差し伸べてくれる。

「大丈夫ですか？　空を飛ぶのは刺激が強すぎたようですね」

「ありがとうございます。……なんとか大丈夫のようですわ」

　ぎりぎり歩けそうではあったが、ギードが支えてくれるのなら助かると思い、差し出された手を握ると、ギードがギュッと握り返してきた。

「君の手は……本当は、こんなに滑らかで柔らかいのですね」

「ま、まあ……、そうですか……？」

　本当は、という言葉に首を傾げたが、すぐに一度目の人生の時のことを言っているのだと思い至る。あの頃のマージョリーは、水仕事やら畑仕事やらをこなしていたので、手は荒れ放題だったのだ。

（荒れていたのは、手だけではなかったけれど……）

　手入れができないので髪は短く切ってしまっていたし、過酷な環境ですっかり痩せ、肌もボロボロだったはずだ。

　だがマージョリーは当時もあまり苦痛に感じていなかった。毒を盛られて死にかけた時は大変だったが、炊事も畑仕事もいつもギードと一緒だったから、楽しかったという印象しかないのだ。

ギードは深刻な表情でマージョリーの手を凝視していたかと思うと、ガバッと抱き締めてきた。

「今回は、決してあの時のようなことはさせません！」

「え……あ、あの……、陛下？　ちょっと……」

一応、周りにはたくさん人がいるのですが、とマージョリーはツッコミを入れてやりたかった。

ギードはどうやら一度目の人生に羞恥心というものを置いてきてしまったようだが、こちらはしっかりと恥ずかしいのでやめていただきたい。

「皆、よく聞け」

マージョリーを抱き締めたまま、ギードが声を張った。

（えっ、喋るのなら、私を放してからにしてください……!?）

「この美しい人は、我が妻となる女性――モラン王国第一王女マージョリー・アンドレア殿下である。海を跨いで南の大陸にまで行き、モラン王国にてようやく巡りあうことができた、我が魂の片割れ。今はまだ婚約者という立場ではあるが、いずれ我が妃となり共にレーデを背負う双璧となってくれるだろう。彼女を敬い、畏れよ！　何人たりとも彼女を害してはならぬ。何人たりとも彼女を悲しませてはならぬ。彼女の血は我が憎悪、彼女の涙は我が激怒となり、全ての者を焼き尽くすだろう！」

　ギードが震えるほど良い声で高らかに宣言した内容に、マージョリーは卒倒しそうになった。

（ちょっ……！　な、なんてことを言ってくださっているの……!?）

　まるで神の詔のような厳かな物言いをしてはいるが、要するに「マージョリーを少しでも傷つけたり泣かせたりすれば、僕がそいつどころかお前ら全員殲滅するからな、連帯責任だぞ、覚えとけよ」と脅しているのだ。

　なんとも脅迫が好きな男である。

（こんなことを言ったら、私の第一印象は最悪じゃないの……!?）

　まさに虎の威を借る狐。無力な点では狐どころかネズミかもしれない。

　一度目の時、マージョリーはレーデの人々から人間扱いされていなかった。今回は状況が違うとはいえ自分に魔力がないという点は同じだ。だから慎重に行動して、前回よりもまともな関係を築かなくてはと思っていたのに、これでは台無しである。

　あわわわ、とマージョリーは盛大に焦ったが、魔王様には絶対服従なのか、人々はザッとその場に跪くと、声を合わせて叫んだ。

「マージョリー・アンドレア殿下に、至高の敬意と畏怖を！」

今日ほど気を失いたいと思った日はない。

（これが全部夢だったらいいのに……）

レーデの人々が「魔王様、万歳！　マージョリー様、万歳！」と叫び続けるのを聞きながら、マージョリーはギードに連れられてその部屋を後にしたのだった。

＊＊＊

「ここが僕と君が暮らす宮です」

ニコニコ顔のギードがそう言って連れてきたのは、かつてと同じ離宮だった。

「ここは……」

同じ場所、同じ建物――だが明らかに違うのは、それが完璧に整備されていたことだった。崩れかけていた外壁は美しく修繕され、雑草が生えるばかりだった庭には色とりどりの花々が咲いている。内装も調えられ、部屋には上質な調度品が置かれていた。

「――素敵、ですわ」

口ではそう言いながら、マージョリーは少しがっかりしていた。

以前のままが良かった、とは言わないけれど、夫婦で肩を寄せ合って暮らしたあの場所とは思えないほど変わってしまったのがなんとなく寂しかったのだ。

それが口調に表れてしまっていたのか、ギードが心なしかしょんぼりとした声で訊いてくる。

「……気に入りませんか？」

「えっ。いいえ、とんでもない！　とても素敵で驚いていたのです！」

「……それならいいのですが……。君に似合いそうな物を僕の趣味で選んだだけなので、気に入らなければ壁紙でも家具でも、好きなように変えてもらって構いませんからね」

サラリと言われて、マージョリーは驚いてしまった。

「あなたが選んでくださったのですか？」

「ええ、もちろんです。自分の妻が使う物を選べるのは、夫の特権ですから」

当然のことのように答えられたけれど、これを用意したのはどう考えてもモランに来る前だろう。その時点でマージョリーが妻になることは彼の中で決定していたのかと思うと呆れてしまう。

だがそれ以上に、ギードがこれらを選んだことが驚異的だった。

以前のギードは何事にも興味がなく、物は「使用できればいい」と言っていた。だから住居であるこの離宮はボロボロだったし、調度品は壊れかけていた。

それが今は、内装も調度品も各部屋によって趣向を変えてあり、どれも趣味がよく上品に仕上がっている。部屋のデザインというものは、ただやみくもに好きな物を集めればいいというわけではない。建物の建築様式や採光や換気の方法、家具の歴史、色彩学など、ある程度理解しておかなければ調和のとれた部屋を作ることは難しいのだ。あれほど無頓着だった人がここまでできるようになるには、相当勉強しなくてはならなかっただろう。

「……大変でしたでしょう？　誰か詳しい人に任せれば簡単だったでしょうに……」

前回とは違い、今のギードは国王だ。やらなければならない仕事が山積みだろうにと思ってそう言えば、今度はギードが驚いた顔になった。

「君が使う物の選定を他の者に任せる？　とんでもない。そんなことするわけがないでしょう？　妻の物は夫が選ぶものです。……前の時は僕に力がなかったせいで、選択の余地などなかったのですが」

つまりは、前回は選べなかっただけだったということか。

（まあ、選べたらボロボロのわけがないわよね……）

だとすれば、選べるようになった今、ギードなりに楽しんでいるのかもしれない。

前回の彼の不遇を思えばそれも当然だ。

だが、ここで「なるほど」と納得してはいけない。マージョリーは死に戻る前の記憶がないことになっているのだから。

「……前、と仰いますが……？」

マージョリーは不思議そうに首を傾げてやる。

「時間を巻き戻す前のことです。前回も君と僕はこの離宮で暮らしていたのですよ。ああ、そうだ！　見せたいものがあるのです！」

何かを思い出したのか、ギードは目を輝かせてマージョリーの手を引いて歩きだす。

嬉しそうに顔を綻ばせる様子が子どものようで、先ほど謁見室で見せていた恐ろしげな表情とはまったく違って、なんだか少しホッとした。

（……昔のギードと同じ顔だわ……）

感情の起伏があまりなく、全体的に表情が乏しい人ではあったが、マージョリーと二人きりの時はよく笑ってくれた。彼が自分にだけは気を許してくれているのだと思えて、密かに誇らしかったものだ。

よほど見せたかったのか、足早に歩くギードに小走りになりながら付いていくと、やがて建物の外に出た。

「まあ、ここは……！」

そこは離宮の中庭だった。ただし花は植えられておらず、しっかりとした畝（うね）が作られ、芋やキャベツなど数種類の野菜の青々とした葉が整然と並んでいる。

（畑だわ……！　あの頃と同じじゃないの……！）

植えられている野菜も、ギードとマージョリーが選んだものと同じだ。

（栄養価が高くて保存できる野菜ばかり選んでいたのよね……！）

ここでギードと、収穫した芋をどうやって食べようかと話をしたものだ。恋しい思い出が蘇り、懐かしさがドッと込み上げて、マージョリーは思わず畑に駆け寄った。

「すごいわ！　葉っぱがこんなに艶々して大きい！　ニンジンの葉も元気いっぱいで、ふわふわで可愛いわ！」

畑の作物に触れキャッキャとはしゃいでいると、ギードに声をかけられて我に返る。

「気に入りましたか？」

（し、しまった！　うっかり畑を見て喜んでしまったけれど、不自然だったかしら!?）

普通に考えて、畑を見て喜ぶ王女はあまりいないかもしれない。

「あっ、は、はい……！　でも驚きました。これは畑、ですわね？　以前、農村の視察で見たことがあるのです」

言い訳のようになってしまったが、ギードは気にならなかったのか嬉しそうに笑っている。

「そうです。僕と君が作った畑を再現したのです」

「まあ……」

なんと反応するのが正解だろうか。畑を喜んではおかしいだろうか。それよりも、自分とギードがなぜ畑を作ることになったのか、それを疑問に思うべきだろうか。だがそれを訊ねてしまえば、虐げられた生活だったことを彼の口から説明されることになる。そうなると聞いている方も辛くなりそうだ。

　ぐるぐると考え込んでいる内に、ギードが近づいてきてマージョリーの隣に立った。

「この畑は、僕にとって幸福の象徴です。……本来なら、こんなことを望んではいけないと分かっているのですが……。叶うなら、僕は君ともう一度、ここで野菜を育てたい」

　何を言われているのかと、もしマージョリーに記憶がなかったら、そう思ったことだろう。一国の王女が畑を見せられて「君と農作業をしたい」などと言われれば、婚約破棄とまではいかないが、結婚に疑問を抱く原因になるに違いない。

　だがマージョリーにとってはこの上なく嬉しい言葉だった。

（これが間違った回答だと分かっている。でも、私はこう答えたい……！）

　ここで頷くことが危険なことは承知の上だ。マージョリーに記憶があることを知れば、ギードがどういう行動に出るか予測が付かないのだから。ギードはマージョリーを殺した男だ。もう一度殺さないとどうして言えるだろう。妻殺害の罪の記憶があると知れば、口封じのために殺す可能性もあるはずだ。

　問題は、彼がなぜ時間を巻き戻したのか、だ。それが分かるまでは、迂闊な行動は慎むべきなのだ。

　そう分かっていても、今この胸に湧き上がる歓喜を無視することは、マージョリーにはできなかった。

心のままに満面に笑みを浮かべて頷く。

「ええ、陛下。一緒に野菜を育てましょう。ここで！」

あの頃の幸福にもう一度触れられるなら、多少の危険を冒すことも構わなかった。

「……マージョリー……」

ギードが感極まったような声で名を呼んだ時、柔らかな弦楽器のような声が割って入った。

「魔王陛下にご挨拶申し上げます」

二人の間に漂っていた昔を懐かしむ感傷が、一気に吹き飛んだ。

マージョリーは息を呑み、ギードはサッと表情を強張らせて声の方を見遣る。

「……エルナ、何か用か」

（えっ、エルナですって⁉）

聞こえた名前に仰天し、マージョリーもまたそちらへ目を向けた。

すると中庭へ出る回廊の終わりに、美しいレーデの装束を纏ったエルナの姿があった。

赤い髪を結い上げた表情は凛々しく、あの頃と少しも変わっていない。

（ああ、エルナ……！）

味方のいないレーデで、親身になってくれた唯一の女性だった。

できるなら駆け寄ってその手を握り締めたいが、記憶がないと嘘をついている以上それはできない。じっと彼女の方を見つめていると、エルナはこちらに歩み寄ってきて地面に膝をつけて最大級の礼を取った。

「陛下が妻となられるお方をお連れになったと伺いまして、ご挨拶にまいりました」

深々と頭を下げてそう言った後、顔を上げてニッと笑う。

口調は丁寧だが、その表情には気安さが窺えて、マージョリーは少し安堵した。彼女まで他の者たちのように「魔王様」に諂(へつら)う態度だったら、きっと悲しくなっただろう。

ギードの乳兄妹だったエルナは、幼い頃から付き合いがあるせいか、一度目の時も彼に対して親しげな物言いだった。今回もそれは変わらないらしい。

飄々(ひょうひょう)としたエルナに、ギードは面倒くさそうに眉間に皺を寄せたが、ため息をついてマージョリーに向き直る。

「そうか。……マージョリー、これは僕の乳兄妹で、現在王宮の女官をしているエルナ・シュテファーニエ・エーレンフロイントという者です」

「ご婚約者様には初めてお目にかかります。どうぞエルナとお呼びください」

エルナがこちらを見て柔らかく微笑んだので、マージョリーは嬉しくなって微笑み返した。

「はじめまして、エルナ様。では私のことも、マージョリーと呼んでください」

今生でも彼女と親しくなりたくてそう言えば、エルナは目を丸くして首を横に振る。

「それはいけません。陛下の妻になられるお方に、そのような……。マージョリー殿下とお呼びすることをお許しくださいませ。そして私のことも、敬称を付ける必要はございません」

「まあ、でも……」

一度目の人生では、マージョリーは彼女を敬称付きで呼んでいたし、エルナもまたマージョリーに「殿下」という敬称を付けなかった。よく考えれば王子妃であるマージョリーの方が身分が上だからエルナに敬称を付ける必要はないのだが、多分虐げられた環境で心が委縮し、それを不思議に思わなくなっていたのだろう。

エルナにも記憶がないのだろうから仕方がないこととはいえ、なんだか距離を取られたような気持ちになってしょんぼりとしてしまう。

けれどエルナはキッパリと言った。

「マージョリー殿下のお気持ちは大変光栄に思います。ですが、陛下のご婚約者様として、それでは周りに示しがつきません。現在この王城は魔王陛下のご威光によって平穏を保たれてはおりますが、陛下が魔王として君臨される前は、王座を狙う愚者どもが跳梁跋扈（ちょうりょうばっこ）する混沌とした場所でした。今とて、隙を見せれば陛下の寝首を搔こうと襲ってくるでしょう」

「わ、分かりました……」

エルナの迫力に圧され、マージョリーは頷いた。彼女の言うことは正しい。

（……確かに、レーデはそういう国だったわ……）

一度目の人生でも、ギードを除く四人の王子と六人の王女は争い合っていた。レーデは長子相続ではなく、最も強い者が王位に就く習わしだからだ。王子と王女たちの魔力はいずれも同程度で序列が付かず、王太子の座は長年空白だった。

王女二人はマージョリーが嫁ぐ前に亡くなっていて、きょうだいの誰かに暗殺されたのだろうと言われていた。

おそらく今生では、ギードが魔王として開眼したことによって、他のきょうだいたちを圧倒し王座に就いたのだろう。

（それでも他の王子王女たちがすんなり諦めないだろうことは、簡単に想像がつくもの）

魔力のないマージョリーは、ただでさえこの国では脆弱な存在であるのに、魔王ギードの婚約者となれば、この世で最も危うい存在というわけだ。

「私は、ギード陛下の弱点とみなされるということね……。分かりました。肝に銘じます」

ゴクリと唾を呑んで頷けば、スッと逞しい腕が伸びてきてマージョリーを抱き寄せる。

「心配しなくとも、指一本触れさせません。今度こそ必ず、君を守り抜いてみせます」

「ギード、陛下……」

思わずうっとりとするような甘い微笑みに、マージョリーの胸がぎゅっと音を立てた。

（こ、これは……いけないわ……！　だめよ、マージョリー……！）

先ほどギードとの幸福な思い出を振り返ったばかりのせいか、彼への警戒心が薄れてしまっている。この魅力的な美貌で甘い言葉を吐かれると、ついうっかりときめいてしまうのだ。

（ここは、自戒のためにも何かする必要があるわ……！）

マージョリーは両手でギードの胸を押し、ぐいーっと身体を引っぺがすと、キッと彼の顔を見上げる。

「あの、陛下。そう言ってくださるのは嬉しいのですが……って、なぜそんなに顔を赤くしているのです？」

熱でもあるのだろうか、と心配して顔を覗き込むと、ギードは片手で自分の口元を隠すようにして視線を逸らす。

「いえ、その、君の上目遣いがとても煽情的で……」

「せんじょう……？　っ……!?」

煽情的、の意味が一瞬分からずポカンとしてしまったが、数秒後に理解してマージョリーまで赤面した。

「そ、そんな顔、しておりません……！」

「いや、分かっているんです。君にはそんなつもりはないと……。だが君が傍にいると
いうだけで浮かれてしまう僕は、その愛らしい一挙一動に欲情を煽られてしまうのです
……！」
「よ、よく……!? 待ってください、もう口を閉じて……！」
何を言い出しているのだ、この男は！
焦って彼の口を押さえようと手を伸ばすが、逆にその手首を掴まれて掌にキスをされる。
「きゃあっ！　ギ、ギード陛下！」
「誓ってください、マージョリー。僕以外にそんな目を向けないと。でなければ、僕は心
配で夜も眠れない……。君の愛らしさを他の誰かに見られたりしたら、僕は嫉妬と怒りで
狂ってしまうかもしれません！」
「分かった！　分かりました！　誰のことも上目遣いで見ませんから！」
もういい加減この茶番劇を終わらせてほしいとブンブンと首を上下させる。
けれどギードはまだ手首を掴んだまま、「でも僕限定で、たまには上目遣いで見てほし
いです……」などと注文を付け始めた。
――これでは埒が明かない。
そう判断したマージョリーは、スウッと細く息を吸い込むと、絶対零度の半眼でギード
を静かに見つめる。

「…………陛下、真面目なお話がしたいのですが」

低い声で訴えると、ギードは一瞬黙った後、そっと手を放してくれた。

それでいい。

猛獣を調教している気持ちになりながら、マージョリーはハアとため息をついた。

「私は自分で自分の身を守れるようになりたいと思います。陛下の重荷にはなりたくないのです」

「君が重荷になるなど、そんなことはあり得ない」

「ですが、私が狙われてしまう状況であるのも事実でしょう？　ある程度の護身術は身につけておくべきです。ですから——彼女を私の専属女官にしていただきたいのです」

そう言ってエルナの方を見れば、彼女は名指しされたことに驚いたのか、目をパチパチと瞬いている。

「あなたの乳兄妹ということは、この国の貴族の子女でいらっしゃるのでしょう？　ならばこの国の政治や作法にも詳しいはず。彼女にこの国のこと、そして危機管理の方法を教えてもらいたいのです。陛下にも恐れずものを言い、私にも的確な進言をしてくださった彼女であれば、信頼して多くを学べると思うのです」

マージョリーの言葉に、エルナがザッと低頭した。

「ありがたき幸せに存じます。このエルナ、必ずや殿下のご期待に応えてみせます！」

（エルナならば、そう言ってくださると思っていたわ）

一度目の時も、彼女はいつだってギードとマージョリーの味方だった。

それは彼女の忠誠がギードに向けられているからだ。ギードの乳兄妹である彼女は、膨大な魔力を持つギードが不当な扱いを受けていることをいつも嘆いていた。ギードの力をずっと信じ続けてくれていたのだ。

（そんなエルナだから、私がギードの重荷にならないように、ちゃんと指導してくれるはず）

期待を込めてギードを見ると、彼はしばらく唇を引き結んでいたものの、やがて不承不承といったていで頷いた。

「……分かりました。エルナを君専属の女官に指名します。ですが、僕との時間を邪魔するようならば、すぐに担当を変えます。それでよろしいですか？」

なんだその条件は、と呆れながらも、マージョリーは微笑んで頷いた。

「ありがとうございます、陛下」

味方を一人手に入れられたことに安堵しながら、マージョリーは次へと思考を巡らせる。

前回の人生では、離宮に閉じ籠もっていたため、レーデの状況をほとんど把握できていない。エルナを傍に置くことができるなら、その情報を得る苦労は半分になったと考えていいだろう。

ここでのマージョリーの目的はただ一つだ。

ギードがもう一度マージョリーと結婚しようとしている理由を探り出し、できることなら彼と離れられる方法を見つけ出すこと。

ギードに対する恋情が残っていないわけではない。それどころか、時には手に負えないほどに強く大きくマージョリーの中に存在しているのを自覚する。

だがそれでも、ギードを信じることはできない。

一度目で彼に殺されたからというだけではなく、今のギードが膨大な力を手に入れたからだ。今のギードは、望めばなんだって意のままにできるだろう。

(あの超現実主義のお父様を、あんなにアッサリと意のままにしてしまったのだもの)

彼にできないことなどない。

マージョリーの命も彼の掌の上だ。もしモランの民の命を引き合いに出されたら、マージョリーは「死ね」と命じられれば死ぬだろう。多くの民の命と自分一人の命などとを、天秤にかけるまでもない。けれどだからといって、その死に納得できるかは別問題だ。

彼の気分次第で生死が決してしまう未来など要らない。

ギードの執着をマージョリーから切り離し、同時にモランをも守る方法が何かあるはずだ。

(だから私は、あなたとは別の未来を望むの。ごめんなさい、ギード)

いまだ自分の傍にピッタリと貼り付くギードに、マージョリーは心の中で謝ったのだった。

＊＊＊

レーデでのマージョリーの生活は、一度目とはまったく違うものになった。

周囲は痒い所に手の届く女官ばかりで固められ、マージョリーが何かしようとする前に動いて全てを終えてしまうほどだ。もちろん、一度目の時のように炊事などの雑用をする必要もない。

代わりにレーデの歴史と魔導学についての勉強と、エルナによる護身術指南を受けている。前者の授業ではその学問の専門家が来るのかと思っていたら、やってきたのはなんとギードだった。

「歴史も魔導学もこの国で最も詳しいのは僕ですから」

ニッコリと笑って言われ、エルナも「その通りです」と頷くものだから、マージョリーは受け入れざるを得なかった。

（……できればギードとはなるべく距離を置きたいのに……）

婚約者としてこの国に滞在する間、当然ながらマージョリーにはお妃教育がなされる。

その間はギードと離れていられるという算段だったのに、これでは台無しである。

　ギードがちゃんと授業をしないようなら、文句を言って他の教師に替えてもらおうと思っていたが、彼の授業が非常に分かりやすい上に面白いので困る。いつも粗探しをしてやろうと思って授業に臨むのに、夢中になって講義に聴き入り、終わる頃には自ら質問をしている始末である。

「マージョリーはとても優秀ですね」

　そう褒められると嬉しくなってしまい、今日もせっせと予習に励んでしまっている。

「……私、何をやっているのかしら……？」

　不意に我に返ってしまい、マージョリーは持っていた羽根ペンを放り出した。

　妙に首が重く、手で揉みながら自室の時計を見遣れば、勉強を始めてもう二時間も経過している。どうりで首が凝っているわけだ。

　ノートにはびっしりと魔導学の公式や数式が書き込まれている。我ながらよくやるものだと思う。

（……でも、魔導学って面白いのね。マイロの言っていたことが書かれてあって、すごく興味深い）

　モランでマイロも教えてくれたが、『二元五因法則』という考え方が、魔導学では基礎となっていることが分かる。

「それにしても、ギードってやっぱり規格外の魔導術師なのね……」

魔導学を学べば学ぶほど、彼がやっていることの異常さが分かる。

空間移動という魔導術を使える人は過去にもいたが、それは小石を別の場所に飛ばすといった程度のことで、移動している間に破損してしまったり、小石が消滅してしまったりすることがあるような危険な術だった。だから生き物を——それも自分自身を移転させるなど、離れ業すぎて既に神の所業なのである。

（それを当たり前みたいにやってしまえるなんて……）

下手をすれば空間を跨いだ時の時空の歪み（ひずみ）に取り残され、永遠に彷徨い続けることになっていたかもしれないと思うとゾッとする。

想像してブルッと身を震わせていると、それに気づいたエルナがそっとショールを肩にかけてくれた。

「お寒いですか？　部屋の温度を上げさせましょうか？」

何事にもよく気づいてくれる人である。エルナの優しさに感動しつつ、マージョリーは「いいえ」と断る。

「大丈夫です。ショールを羽織れば問題ないもの。ありがとう」

「では、温かい飲み物をご用意しましょう」

「あら、嬉しいわ。ちょうど甘い物を食べたいなって思っていたの」

「ふふ、ちょうど午後のお茶の時間ですわ、マージョリー殿下」

エルナがいたずらっぽく笑い、部屋を出て行った。さほど間を置かずに帰ってきた彼女は、たくさんの焼き菓子とティーポットをのせたワゴンを押していた。

「まあ、素敵！」

甘い物が大好きなマージョリーは目を輝かせながら、部屋に置かれた猫足のティーテーブルに移動する。勉強していたライティングデスクでは、あのお菓子を置くには手狭だし、どうせお茶をするならエルナと一緒にいただきたいと思ったからだ。

テーブルに着いたマージョリーの傍に、エルナがワゴンを付けてくれた。お菓子を見やすくしてくれたのだろう。焼き菓子の中に大好物のスイートポテトがあるのに気がついて、マージョリーは歓声を上げた。

「わあ、スイートポテト！」

「ええ、陛下よりマージョリー殿下の好物だと伺っております」

「まあ、陛下が？」

口ではそう言ったが、そうだろうなと心の中では思っていた。一度目の人生で、彼にそう話をしたことがあったからだ。

（……本当に、たくさんのことを覚えてくれているのね……）

ギードは記憶がないフリをしているマージョリーにも、一度目のことを当たり前のように話して聞かせる。まるでマージョリーに思い出してほしいかのようにも思えて、マージョリーには不思議だった。

（そのくせ、時折酷く不安そうにもするのよね……）

レーデにやってきた時、ギードが「何か思い出したか」と訊いてきたのを思い出した。あの時ギードはなんだか不安そうな表情をしていたのだ。

（思い出してほしいのか、そうでないのか……）

ギードの意図は分からないけれど、矛盾しているように思える言動に、こちらは振り回されてしまう。もしかしたら、こうして自分をレーデに連れてきたのは、何か裏の目的があるのではないかと疑ってしまうのだ。

「……陛下はお優しいわね」

ギードの事を考えると頭の中を様々な感情と思考が巡る。それら全てをその一言に集約して、マージョリーはため息をつくように微笑んだ。

「ええ。ですが、陛下がお優しいのは、マージョリー殿下にだけですわ。他の者にとっては畏怖すべきお方ですから」

エルナがにこにこしながらそう言って、マージョリーの前に紅茶の入ったティーカップを置く。それにありがとう、と礼を言いながら、マージョリーはもぞりとお尻を動かした。なんだか急に居心地が悪くなった気がする。エルナからギードを「畏怖すべきお方」と表現され、なんだか胸にもやもやが湧いてきてしまったのだ。

（ギードは、怖い人なんかじゃないわ。本当はとっても臆病で、優しい人なのに……）

そう思うのは、自分が一度目の彼を知っているからだ。知らないエルナにそれを言ったところで通じないのは分かっている。

それでもエルナは前の人生で、マージョリーと共に優しい彼を守ろうとしていた人だったのに。唯一の同志を失ってしまった——そんな気持ちになっているのかもしれなかった。

（——ばかなことを。エルナにしてみれば、酷い言いがかりだわ）

胸の裡で自嘲して、マージョリーはエルナに笑いかける。

「あなたも座ってください、エルナ」

「まあ、いけませんわ。侍女が主と一緒に席につくなど……」

マージョリーの誘いを、エルナは困り顔で辞退しようとした。だが彼女がそう言うと分かっていたから、マージョリーは両手を合わせて懇願してみる。

「マナー違反であることは分かっているわ。でも、こんなにたくさんのお菓子、私一人では食べきれないし、なによりあなたと一緒に食べた方がきっと美味しいわ。ね、だから私のために、一緒に食べてくださらない？」

ね、お願い、と重ねて言うと、エルナがやれやれというように肩を竦めた。

「もう、本当に、仕方のないお方……」

「約束が違いますね、マージョリー」

　エルナの声をかき消すかのように重ねられた低い声に、マージョリーはギョッとした。

　いつの間に現れたのか、エルナの背後に黒々とした影のように聳え立つ男性の姿がある。

「ギ、ギード陛下！　どうやってここに!?」

「転移魔導術です」

「私の部屋に入ってくる時はドアからにしてくださいと、この間もお伝えしましたでしょう!?」

　実行困難なはずの難術をホイホイと使わないでいただきたい。

　呆れるマージョリーを他所に、ギードはエルナを押し退けるようにしてマージョリーの手を取ると、必死の形相で訴え始めた。

「そんなことよりも、マージョリー。僕以外の人間に上目遣いはしないと約束したはずですよ！」

　なにが「そんなことよりも」なのかと、小一時間問い詰めたくなる。

　この男は本当に泣く子も黙る「魔王様」なのだろうか。仮にも王なのだから、アホなことを言っていないで仕事をしろという話である。

　マージョリーは頭痛を訴えるこめかみを片手で揉みながら、深々とため息をついた。

「上目遣いなどしておりません」

「いいえ、していました。今、エルナを上目遣いで見ていたでしょう。僕が見ていたのだから間違いありません。そのような煽情的な眼差しで僕以外の者を見ては、大変なことが起きてしまうのですよ。どうして分かってくれないのですか」

もう訳が分からない。意味不明な主張をしてくるギードに、マージョリーはキッと眦を吊り上げる。

「大変なことは何も起こらないので安心してください。上目遣い上目遣いと仰いますが、エルナが立っていて私が座っているのだから、上目遣いになってしまうのは致し方ないですわ。それに、私の上目遣いのどこが煽情的だと仰るのです？　そのように破廉恥な意図を自分の視線に込めた覚えはありません！」

ここはガツンときっぱり分からせてやらなくては！　と精一杯論理的に反論してやったというのに、ギードは負けなかった。

野いちごのように赤い目をカッと見開き、また訳の分からないことを言った。

「あなたは生きているだけで煽情的なのです！」

「どういうことですの！」

二人がぎゃいぎゃいと言い争っている間に、エルナが黙々とテーブルの上にお茶の準備を整えていく。

「お二人とも、お茶にいたしませんか？」

「あ、エルナ……ありがとう。あなたもどうかここに座って」

スイートポテトののったお皿を目の前に置かれ、マージョリーは我に返って礼を言った。

「スイートポテトだな」

隣から満足げな声が聞こえてきたかと思うと、その皿をヒョイと取られてしまう。

横取りされた!?　と驚いてそちらを見ると、隣の席に陣取ったギードがフォークですくったスイートポテトを差し出しているところだった。

「はい、君の好物です」

「え？」

意味が分からず、マージョリーはギードの顔と差し出されたフォークを交互に見た。

「口を開けてください」

「あの、自分で食べられますわ」

子どもでもあるまいし、と困惑ぎみに断ると、横からエルナが言った。

「マージョリー殿下。陛下はマージョリー殿下に食べさせて差し上げたいのですわ」

「そ、そんなことを言われても……」

こちらは自分で食べたいのだが。

だがギードは無言の笑顔でフォークを差し出したまま動かないし、エルナも固唾を呑むようにしてこちらを見つめている。そして他の侍女たちも自分たちの動向をじっと観察しているように感じられて、マージョリーは半分泣きたい気持ちで口を開けた。

（あ、圧が強すぎる……！）

四面楚歌とはこのことか。

羞恥心に苛まれるマージョリーとは違って、ギードが顔を輝かせてマージョリーの口の中にスイートポテトを入れてくる。

スイートポテトは蕩けるように甘く、とても美味しかった。

＊＊＊

ようやく一日が終わる頃、湯浴みの後で髪を拭いてもらっている時に、エルナが言った。

「マージョリー殿下、差し出がましいようですが、一つご忠告を……」

「え？」

湯上がりの疲労感でぼうっとしていたマージョリーは、エルナの真剣な声色に驚いて背筋を伸ばす。いつも優しいエルナがこんな声を出すのは珍しい。

「な、なんでしょう。あなたのことは信頼しています。なんでも言ってください」

元より、自分にレーデの礼儀作法をいろいろ教えてくれるために、傍付きの女官になってもらったのだから。

マージョリーの言葉に安堵したのか、エルナはわずかに頬を緩めた後、再びキリッとした表情になった。

「皆の目がある前で、あまり陛下を拒んではなりません」

「え……」

忠告の内容が意外だったので、マージョリーはポカンとしてしまった。

これはどういうことだろうか。『魔王様がイチャイチャしたがってるんだから、ちゃんと応えてあげないと！』というお叱りなのだろうか。え、そんなことを、この優しく賢明なエルナが？　と一瞬の内にいろんなことを考えてしまっていると、エルナが怖い顔のまま続ける。

「陛下はこの国において、特別な存在です」

「え、ええ。知っているわ。『魔王』ですものね」

マージョリーが相槌を打つと、エルナは「それだけではありません」と首を振った。

「レーデ開闢以来、『魔王』が存在したことは二度あります。最初はレーデ建国の王、そして二度目が、ギード陛下です」

「そ、そんなに少ないのですか……」

レーデの歴史は千年近くある。それほど『魔王』は稀有な存在だということだ。

「建国王はその圧倒的な魔力とカリスマ性で民を魅了し、その死には国民全てが涙に暮れました。それ以来、この国は『魔王』の再来を待ち望んできました。つまりギード陛下は、レーデの民の何百年もの期待と希望を背負っておられるということなのですわ」

「な、なるほど……！」

マージョリーはエルナの迫力に気圧されながら頷いた。

エルナの言っている内容は、ギードによるレーデの建国史の授業でも習っていたが、サラリと教科書を読んで終わってしまったのであまり頭に残っていなかった。

（建国史って、レーデの民にとってこれほど重要視されているものだったのね……）

モランにも建国史はあるが、マイロのような研究者ならともかく、一般的な民にとってそれはあまり重要な内容ではなく、知らない人も多いだろう。

だがレーデの場合は違う。

（どちらかというと、信仰に近い感覚なのかもしれないわ）

レーデの人々にとって、『魔王』とは祖先神のような――つまりギードは神の再来ということになる。

（……なんて重いものを背負っているのかしら）

傲然とした無表情でいることの多いギードの姿を思い出して、マージョリーは胸が痛んだ。神だと崇められれば、マージョリーとてどんな顔をしていいか分からなくなるだろう。感情を出せなくなるのも分かる気がした。

「マージョリー殿下は、異国のお方。魔力のない者は……その、この国では蔑みの対象となってしまうのです」

「レーデでは魔力が全て、ですものね……」

　そういうことか、とマージョリーはエルナの言いたいことを察してため息をつく。

「レーデの権力者の中に、私のことを良く思っていない方々がいらっしゃるのね？」

「……現段階では、そうならないとも限らない、ということしか申し上げられませんが」

　あくまで可能性、という段階なのだろう。

　だがこうして迂闊に名を出さない慎重さがエルナの長所であり、マージョリーが彼女を信頼する理由でもある。

（魔力のない私が、神のごときギードに寵愛されることを快く思わない人は多いでしょうね。卑しい私がギードを拒むということは、彼らのプライドを傷つけるようなもの。エルナはそれを心配してくれているんだわ）

　だがギードを拒まなくなれば、なし崩し的に既成事実を作って結婚に持ち込まれてしまいそうで怖い。マージョリーはなんとか平穏無事にこの婚約を破棄したいのだから。

（ギードが私との結婚に拘る理由を知りたいと思っていたけれど、具体的に何を調べればいいのかすら分かっていないし……）

　その上ギードの求愛行為を拒んではいけないとなれば、マージョリーにとって非常に分の悪い状況だ。

（……協力者が必要だわ）

　現状は敵陣に単身乗り込んだようなもの。内部構造を知らない迷路の中で右往左往したところで出口に辿り着けるわけもない。ならば内部構造を知る味方を作るしかない。味方になってくれそうな人となれば、マージョリーには目の前のエルナしか思いつかない。

（一か八かの賭けになってしまうけれど……）

　エルナは他の者たちのように妄信的にギードを崇拝している感じではないが、冷静に支持しているのが分かる。マージョリーがギードとの婚約破棄を望んでいると知れば、怒ったり失望したりする可能性は高いだろう。

（でも私には他に方法がない。ならば……）

　賭けに出てみるべきだ。

　マージョリーはゴクリと唾を呑み、鏡越しにエルナと視線を合わせる。

「エルナ。あなたから見て、私はギード陛下に相応しい伴侶かしら？」

　唐突な質問だったのか、エルナは一瞬目を丸くしたけれど、すぐに微笑みを浮かべた。

「もちろんですわ。陛下が選んだお方ですも――」

　エルナの優しい言葉に苦笑して、マージョリーは手を挙げてそれを止めた。

「いいえ、エルナ。建前を訊いているんじゃないの。あなたの本音を教えてちょうだい」

「建前だなんて――」

「エルナ、私は『片翼』のことを知っているの」

マージョリーの台詞に、エルナが目を丸くした。

明らかに表情を変えたエルナに、マージョリーは畳みかけるようにして言った。

「この国では人は皆多かれ少なかれ魔力を持って生まれる。そしてその魔力を持つことで、己の配偶者となるべきものを本能的に識別できるのでしょう？　それが『片翼』。レーデ人が持つ魔力には相性があって、これが悪いと子ができにくくなるそうね。できたとしても、生まれた子が持つ魔力は微弱なものに留まるとか。逆に『片翼』同士の結婚では、より強い魔力を持つ子が誕生する可能性が高まる……。魔力が全てを決するこの国らしいシステムだわ」

立て板に水のごとき説明に、エルナの顔から表情が抜け落ちる。

「……一体何を……、いいえ、誰からそれを……」

その問いには、思わず苦笑いが込み上げた。なぜならこれは全て、一度目の人生でエルナ自身から教わったことだったからだ。

（……とはいえ、記憶のないあなたにそう言っても信じないでしょうから）

マージョリーは小さく頭を振ってそれには答えず、「大事なことは」と前置きした後、背後に立つエルナをくるりと振り返る。

エルナは表情を失くした青い顔のまま、マージョリーをじっと見つめていた。

「ギード殿下にも、『片翼』が存在するはずということ。そしてそれは、魔力を持たない私ではないということ」

魔力の相性が『片翼』を決定するのだから、魔力を持たないモラン人であるマージョリーは、『片翼』になる資格さえ持っていない。

「そうなのでしょう、エルナ」

「……マージョリー殿下……」

エルナは肯定も否定もせず、ただマージョリーの名前を口にした。

だが否定しないのは肯定しているようなものだ。マージョリーは苦い笑みを浮かべた。

「私はいずれ『片翼』に出会った陛下に捨てられる運命なのでしょう？」

「……」

エルナは沈黙を貫いている。もしかしたら、『片翼』についてマージョリーに余計なことを教えるなとギードに命じられているのかもしれない。

（お願いよ、エルナ……！）

なんとかエルナに自分の味方になってもらおうと、マージョリーは彼女の手を握った。

「私は『片翼』でもない自分が陛下に相応しい存在だとは思えない。だから、この婚約を破棄したいと思っています。だってこのままでは、私も、そして私の祖国もレーデから捨てられることが決定しているのですもの。魔王のおわすレーデは無敵。歯向かったり、見捨てられた国がどうなるかは簡単に想像できるわ……。私一人ならともかく、モランまでそんな悲惨な運命を辿らせるわけにはいかない。だからどうかお願いです、エルナ。私に協力してください！」

「マージョリー殿下……」

決死の懇願に、エルナは瞳を揺らした。マージョリーへの憐憫と、ギードへの忠誠が彼女の中でせめぎ合っているのだろう。

彼女の天秤がどちらに傾くのか……息を凝らして見守っていると、エルナは意を決した表情でマージョリーの手を握り返した。

「分かりました。私はマージョリー殿下に協力いたします」

「まあ、エルナ！　本当に!?」

知らず息を止めていたらしく、その答えを聞いた瞬間に吐き出して、マージョリーは歓喜の声を上げた。ホッとしすぎて涙まで滲んでくる。

そんなマージョリーに、エルナは柳眉を下げて笑った。

「……私自身も、陛下が……その、『片翼』の存在を無視なさることに、疑問を抱いていましたから。『片翼』が見つかれば、陛下は『片翼』以外見向きもされなくなるでしょう。……それなのに、なぜ……」

苦しげに言うエルナに、マージョリーは「やはり」と唇を噛んだ。

分かっていたことだったが、やはりギードが自分を捨てる未来は確実なのだ。

（……『片翼』が現れるまでの仮初の恋ということなの、ギード？　それとも、私を何かに利用するため……？）

胸の中にギードへのあらゆる感情が湧いて入り混じる。怒り、切なさ、悲しみ、苦しさ——全てはギードへの恋情に起因する負の感情だ。

それを振り払うようにして、マージョリーは顔を上げる。

（私の感情など、今はどうでもいい。考えなくてはいけないのは、どうしたらこの婚約を破棄できるかということ）

そのことに、この先の自分の人生と祖国モランの運命がかかっているのだから。

「……陛下が私と結婚しようとしている理由を探りたいのです」

マージョリーの言葉に、エルナは目を見開いて首を傾げる。

「——では殿下は、この結婚の理由は陛下が殿下を愛しておられるから……ではないとお考えなのですね」

「ええ。だって『片翼』という存在があるのを知っていながら、なぜよりによって魔力のない私を？　政略結婚だとしても、彼の魔力があればモランを掌握するのは容易いことのはず」

実際に一度目では、ギードが魔王でない状態でもレーデはモランをあっさり下した。軍事力の差は歴然としているのだ。

「私に拘る理由が、何かあるはずなのです。それを見つけ出せれば、モランに損害を出さず、円満に婚約破棄できるかもしれない。でもこの国の者ではない私にはできないことも多いし、それに……」

言葉を濁したマージョリーの後を引き取って、エルナがやれやれと言いたげな表情で頷く。

「それに、陛下がぴったりと貼り付いていらっしゃいますからね。あれでは確かにマージョリー殿下が身動きが取れなくて当然です。分かりました。私が殿下の手足となって、情報を仕入れてまいります！」

明るく請け負ってくれたエルナに、マージョリーは半分泣きながら笑顔で礼を言った。

「ありがとう……！　ありがとうございます、エルナ！　あなたがいてくれたら、百人力だわ！」

ようやく一人味方ができた。

目的のために一歩前進できたことに、マージョリーは安堵のため息をついたのだった。

＊＊＊

秘密のやり取りの後、エルナはマージョリーの夜支度を調えると、最後に寝酒を置いて部屋を後にした。

一人になった寝室で、マージョリーはベッドにパタリと仰向けに横たわる。

（……『片翼』、か……）

目を閉じて考える。

思えばこの言葉にずっと苦しめられ続けてきた気がする。

一度目の人生でエルナから初めて『片翼』について教えられた時、マージョリーは驚いたけれど、苦しいとは思わなかった。その時はまだ嫁いですぐで、ギードのこともよく知らない頃だったからだ。

だからこの苦しみは自業自得だ。唯一無二が現れると分かっている人を愛してしまったのは、自分自身なのだ。

（ギードを愛したりしなければ、苦しい想いをすることもなかったのだわ）

だが恋心を制御するなど、人にできるのだろうか。

（私なんか、一度殺されてさえいるというのに！）

殺された時の記憶を思い出せば、怖いと思うし逃げなくてはと思う。

にもかかわらず、彼の顔を見て、彼に触れられれば、胸に巣くう恋心がどうしようもなく喜んでしまうのだ。

「本当に、どうしようもない愚か者ね……」

自嘲を通り越して、自分のことが滑稽でならない。

クスクスと笑っていると、他に誰もいないはずの部屋に「誰か愚か者なのですか?」という低い声が響いた。

「っ!?」

ビックリして飛び起きると、案の定ギードがベッドの上にプカリと浮いていた。背が高すぎて天蓋に当たってしまうようで、長軀を屈めてこちらを見下ろしている。

彼もまた湯上がりなのか、艶やかな黒髪が少し濡れている。そのせいか、ただでさえ美しいのに更に滴るような色香が加わっていて、もはや美の暴力だ。

「こんばんは、マージョリー。今夜の君も月夜の月下香のように可憐ですね。愛しています」

そんな美の化身のような存在から発せられた台詞は、これまた歯が浮くほど甘い。

魔王になって本当に羞恥心が無くなってしまったのだろうか。ギードはマージョリーを見ればこんなふうに吟遊詩人のような台詞を量産するようになったのだ。

(……ほ、絆されたりなんか、しないわっ……)

心の中でそう言ってみせるのは、絆されかけている証拠であると、マージョリー自身も分かっている。

それはもちろん、甘い台詞だけが理由ではない。

レーデに来てからというもの、ギードとの触れ合いがあまりに無邪気で、一度目での彼との生活を思い出してしまうからだ。

魔王になったギードはどこか人間離れしていて恐ろしいと感じていたけれど、様変わりしたとはいえ、懐かしいこの離宮で共に過ごす彼は、昔と同じ笑顔で笑うのだ。

彼が笑うと、マージョリーはいつも、冬の寒さに凍った地表が、春の陽射しを受けて融ける様を思い出す。人が春の訪れを喜ぶのは、それが温もりと安堵、そして未来への希望を感じさせてくれるからだ。

ギードの笑顔はそれと似ている。

（……その笑顔は本当だと、信じていいの？）

そう思っている段階で、もう自分は信じたいのだ。

けれど――とマージョリーは一度瞑目する。

（理性を保つのよ、マージョリー。己の恋情に負けていてはいけないわ）

「……ギード陛下。私には一人になる時間を与えていただけないのですか？」

ジトリと睨みつけると、ギードはなぜかポッと頬を染めた。

「また上目遣いをして……」

ため息混じりに呟くギードに、マージョリーは半眼になる。

上目遣いがなんだというのか。

いい加減そのことについて議論するのに飽きたマージョリーは、彼のおかしな言動をまるっと無視することにした。

「陛下。このような時間に、淑女の寝所に家族でもない男性が来るなど、モランでは非常識な行動です」

マージョリーのお説教が始まると分かったのか、ギードが瞼をピクリとさせる。

彼と一緒にいると、なぜかゼロ距離になってしまうことがあまりにも多いため、マージョリーは事あるごとに「節度を守ることの大切さ」や「品位を保つことの素晴らしさ」、「分別を働かせることの高邁(こうまい)さ」をギードに説くことで、過度な触れ合いを阻んできた。

ギードにはそのことが不満のようだ。

「僕たちはもう婚約者では?」

「まだ、婚約者、ですわ」

すかさず反論すれば、ギードは待ってましたと言わんばかりに提案してきた。

「ではすぐにでも結婚すれば、その問題は解決するのでは?」

だがマージョリーとてばかではない。いつかそういう返しが来ると思っていたので、ちゃんと反撃方法を考えてある。

「いいえ、いけません。モランの王族の結婚は、国立大神殿にて大司祭を証人とした婚約の誓いを立ててから一年を経ないと、成婚式を挙げることはできません。私たちは大神殿での誓いもまだですから、正式には婚約すら成立していないのです」

「そ、そんな……!?」

婚約者ですらない、と言われ、ギードはあからさまにショックを受けた顔をしているが、マージョリーにしてみれば「当たり前でしょう」という話だ。

(王族が出会って二日で婚約なんて、土台無理な話だと思うのだけれど……)

おそらくだが、ギードが魔導術で父王を意のままにしているからこの状況が成立しているだけで、本来ならばあり得ない話である。

とはいえ、レーデにもレーデの法があるだろう。異国人同士の結婚であるならば、両国の法を照らし合わせて譲歩し合う必要がある。だからモランのやり方をレーデ側に押し付けるつもりは、マージョリーにもない。

隙あらば誘惑しようとしてくるギードを撃退できればいいのである。

「てっきり君の父上に了承を得たから、これでもう婚約できたものだとばかり……!」

「国は王だけでは成り立ちません」

涼しい顔で適当なことを言って恨み節をいなすと、ギードがキッと顔を上げた。

「くっ……！　では、今すぐに大神殿とやらに向かい、婚約の誓いを立てましょう！」

マージョリーの手を摑み、そのまま転移しそうな勢いで言われ、マージョリーは慌ててブンブンと首を横に振った。

「い、いけません！　もう夜も更けてまいりましたし、大司祭様もおやすみですわ！　それに、私もこんな格好ですし！」

自分のネグリジェを指して言えば、ギードの視線がマージョリーの首から下へと移動した。そこでマージョリーはハッと気がついた。

（そ、そうだったわ！　私今、ネグリジェ一枚なのだわ……！）

レーデはモランよりも寒い気候だというのに、マージョリーが暮らす離宮内は魔導術が施されているらしく、快適な気温と湿度が保たれている。どうやらギードによるものらしいが、一度目の時にはそんな便利な機能は付いていなかったので、魔王になってできるようになったことなのだろう。

というわけで、この建物内ではネグリジェも非常に薄い。そして寝る直前だったので、コルセットなどの補正下着をつけていない。つまり薄いネグリジェのみという、ものすごく防御力の低い格好なのである。

（いやだ、私ったら、こんなはしたない姿で……！）

絹は肌に貼り付く性質があるから、身体の線が露わになってしまっているに違いない。下手をすれば胸の形が丸出しになっているかもしれない。

焦って両腕で胸元を隠すと、バッとギードが顔を背けた。

「…………」

「…………」

短い沈黙が二人の間に落ちる。

明らかに不自然な目の逸らし方で、かえって彼が何を見ていたのかが分かる。

「……ギード陛下。今、何をご覧になっておられたのですか？」

「…………何もご覧になっておりませんが？」

明後日の方向を向いたままギードが答えるが、その声が妙にギクシャクして聞こえるのは気のせいだろうか。そして自分に敬語を使っていて、言葉遣いも変である。

こんなバレバレの嘘でごまかせると思っているのだろうか、この男は。

「嘘をつかないでくださいませ」

マージョリーが冷たい口調で責めると、ギードはギリッと歯軋りをし、キッとこちらに向き直って叫んだ。

「……っ、見てなど……」

（いないと言い張るかしら……？）

「見るに決まっているではないですか！　君のおっぱ……胸ですよ!?」

（……今「おっぱい」って言おうとした……？）

ますますマージョリーの眼差しが冷たくなっていく。

それを見たギードは焦ったのか、がしっと肩を摑んで懇願し始めた。

「ああ、どうか分かってください、マージョリー。僕も年頃の男なのです。愛する人がこんなふうに無防備な姿で傍にいたら……目が吸い寄せられてしまうのは愛の性というものです」

「あいのさが……」

マージョリーは遠い目をして鸚鵡返しをした。さすが吟遊詩人。物は言いようである。

「肉欲」も、言い換えれば「愛の性」。なるほど。

(――いえ、何がなるほどなの。しっかりしてちょうだい、私)

今こそお説教の好機と言える。

マージョリーはスンとした目のまま、ギードの赤い目を見つめる。

「こういうあってはならない間違いが起こってしまうから、みだりに男性が淑女の部屋に入ってはならないのですわ、陛下」

するとギードは形の良い眉をピクリと吊り上げた。

「待ってください、マージョリー。それは大変に遺憾です」

「何が遺憾なのです？」

こちらからしてみれば、むしろ今のギードの言動の方が遺憾である。

「あってはならない間違いではない。むしろ間違いではないのです。僕は君を愛している。だから君に欲情するのは間違っていない。これは正しいことです」

　胸を張って主張するギードに、マージョリーは頭が痛くなってきた。何を自信満々に屁理屈を捏ねているのだ。

「いえ、ですから『間違い』というのは現象の正誤ではなく……えっ」

　結婚前の男女の過剰な接触を『間違い』と遠回しに表現しているだけなのだと説明しようとしたけれど、その途中でギードが覆い被さってきてベッドに押し倒されてしまった。

「きゃあっ」

　ボフン、と後頭部が柔らかなマットレスに沈む。慌てて目を開けば、息を呑むほどの美貌が至近距離に迫っていた。

「へ、陛下……」

　逆光の位置であるせいか、普段は鮮やかな赤色をしている瞳が、赤ワインのような真紅に変わっている。そこには先ほどまでのどこかおちゃらけた雰囲気はなく、痛いほど真剣な色があった。抜き身の刃のようにギラギラしているのに、こちらを誘うような甘さもある。

　この色を、マージョリーは知っていた。

「……っ、あ、あのっ……！」

これはまずい、と本能で察して、マージョリーは焦る。

ギードから醸し出されているのは、欲情の色だ。一度目の人生で、彼に抱かれたマージョリーには分かる。それまで一切の情欲を見せなかった彼が、マージョリーを抱くと決めた途端にこの目になったのだ。

「陛下、いけません。おち、落ち着きまひょう……」

噛んだ。噛んだが、それどころではない。

このままでは貞操の危機である。

なんとか距離を取ろうと覆い被さるギードの胸をぐいぐいと押してみるも、不利な体勢と体格差もあって微動だにしない。おまけに掌に感じるギードの体温が、布越しでも分かるほど熱くなっている。

まずい。これは非常にまずい。

ギードがその美貌を、ゆっくりとマージョリーの上に下ろしてくる。キスをしようとしているのだと分かり、マージョリーは咄嗟に顔を背けてそれを避けた。

(だ、だめよ、キスなんて……! そんなのされてしまえば、私は……!)

何がなんだか分からなくなって、彼を受け入れてしまうに決まっている。あの最初で最後の共寝の時に、ギードの愛撫の威力の凄まじさを体感しているから分かる。唇が触れ、舌を差し込まれてしまえば、あっという間に脳が痺れてグズグズになる自分が目に見えるようだ。

「陛下！」

「マージョリー、君を愛している」

低く艶やかな声が、熱い吐息と共に耳の中に注がれる。ぞくぞく、と快感が背筋を通り抜けて、マージョリーは四肢から力が抜けそうになった。

（だ、だめ！　しっかりするのよ、マージョリー！　ギードの色気と愛撫に陥落してしまえば終わりなのだから！）

自分で自分を叱咤して、必死にモランの事を思い出す。

愛する祖国、愛する民。それらの運命が自分にかかっているのだと思うと、飛んでいきそうだった理性が戻ってくる。

「愛している」

「あ、あの、それは分かりましたから、どうか今は落ち着いて――」

「――いいえ」

ギードを宥めようと努めて冷静な声音で言うと、ギードが唸るように否定した。それに驚く間もなく、顎を掴まれて背けていた顔を引き戻される。間近にギードの顔があり、視線が絡んだ。

マージョリーはドキリとした。

ギードの目が、酷く悲しげだったからだ。

「分かっていないでしょう、マージョリー。僕が愛していると何度言っても、君は信じない。なぜですか？　僕は君を愛している。本当に、愛しているのに……！」

悲痛な声だった。

彼の悲哀、切なさ、苦しさが、自分の胸の中に染み込んでくるようで、マージョリーは何も言えなくなってしまう。

（……ギード……）

彼があまりに可哀想に見えて、マージョリーは思わず抱き締めようと手を動かした。

だがその瞬間、窓の外がカッと光り、次いで轟くような雷鳴が響く。

「キャアッ！」

ビリビリと建物を揺らすほどの雷だった。

悲鳴を上げて窓の方を見遣ると、今度は叩きつけるような雨が降りだしている。

（あ、嵐……!?　どうして急に……!?）

先ほどまでは嵐の予兆などまったくなかったのに、一体どうしたことか。

「ギ、ギード、外が……」

少々怯えつつ声をかけたが、返事はない。怪訝に思ってギードの顔を見ると、ギードは先ほどと寸分違わぬ体勢のまま、マージョリーを凝視していた。

（えっ？　こ、この嵐が気にならないの……!?）

「僕は君を取り戻すためだけに生きてきました」

カッ、とまた稲光がする。まるでギードの言葉に呼応しているかのようだ。

ドォン、という音と共に、遠くの方で何かが倒壊するような鈍い音が聞こえた。

どこかに雷が落ちたのかもしれない、と思いながらも、マージョリーはギードから目が離せなくなっていた。

「君ともう一度愛し合うことができるなら、異形にだってなった。それなのに、君が僕の気持ちを信じてくれなければ、もうどうしたらいいか――」

呻くようにそう言うギードの目が、ゆらゆらと揺れていた。赤い目の中で揺れるその涙が、まるで血のように見える。

（……きれい……）

場違いにも、マージョリーはそんなことを思った。

血の涙を流す異形は、この世のものとは思えないほど美しかった。

「……ギード……」

マージョリーは手を伸ばしてその涙を指で拭う。

ハラハラと涙を零す彼を慰めたかった。

（ギードの涙を、初めて見たわ……）

一度目の人生でも、彼が泣くのを見たことがない。常に穏やかで優しく、怒りも悲しさも、表情や声で表すことはほとんどなかった。

今こうして彼の涙に触れたことが、なんだか嬉しいと思ってしまうのは、いけないことだろうか。

（……いけないことよね。誰かが悲しいのを見て、嬉しいなんて思っては……）

そう自戒しながらも、なおも流れてくる彼の涙があまりにきれいで、もったいなくて指で拭うのを止められない。

すると大きな手がマージョリーの手を覆った。彼の手の熱さに、なぜかマージョリーはドキリとする。

視線を上げてギードの目を見ると、彼はわずかに微笑んだ。

「……もっと、僕に触れてください」

吐息だけの声でギードが囁く。

「君に触れてもらえるのが、嬉しい……」

ぎゅん、と心臓が軋んだ。先ほどの「ドキリ」なんて可愛いものである。

そのまま心臓はバクバクと速いリズムを刻み始め、マージョリーは焦って手を引こうとした。だがギードの手に素早く力が込められ、逃げそこねてしまう。

「……君は僕から逃げようとしてばかりですね」

「そ、そんなつもりは……」

図星を指されて適当にいなそうと思ったのに、ギードはそれを許さなかった。

「いいえ。ずっと逃げようとしています。再会した時からずっと……。なぜですか？」

言葉は丁寧だったが、手に込められた力と、その強い眼差しが、マージョリーに逃げることを許さなかった。野いちごのようだと思っていた真紅の瞳が、今は炎のように赤く熱く見える。

「……僕が怖いですか？」

また囁き声で訊かれて、マージョリーは困って視線を泳がせた。

怖くない、とごまかしても良かったのに、なぜかできなかった。自分を見つめるギードの目が、嘘やごまかしを見抜いてしまう気がしたからだ。

黙ったまま目を伏せていると、ギードのボソリとした声が聞こえた。

「……もしかして、覚えているのですか？」

咄嗟に身体が動きそうになるのを、すんでのところで堪えた。冷や汗がドッと噴き出したが、それを気にする余裕はない。

これは『一度目の人生でギードがマージョリーを殺したこと』を覚えているのかと訊いているのだと、本能的に察した。だが確かにマージョリーがギードを怖がる理由としては、これ以上のものはないだろう。

（……覚えていると言ったら、ギードはどうするのかしら）

また自分を殺そうとするのだろうか。それとも――。

（……あの時、あなたはなぜ私を殺したのかしら……）

不意にそれをギード本人に訊いてみたくなる。

思えばマージョリーはその疑問についての答えを、自分の推測でしか導いていない。

元々マージョリーを疎ましく思っていたのかもしれない、とか、『片翼』が見つかり妻だった自分が邪魔になったのかもしれない、とか――どれも可能性はあっても、正解かどうかは確かめていない。

（今生ではギードと会わないつもりだったから、仕方のないことだけれど……。でももし訊いたら、あなたは答えてくれるのかしら……？）

今のマージョリーには分からないことだらけで身動きが取れない。

答えを得てしまえば、欲しい未来をもっと堅実に選び取る方法を模索できるはずだ。

（……ギードがもう一度私を殺そうとするのでは、と思って訊けずにいたけれど、もしそうだとしたら、こんなふうに私に迫ったりするかしら……？）

再会して以来、ギードのマージョリーに対する態度は一貫している。

顔を見るたびにマージョリーに愛の言葉を囁き、必要以上に接触を図ろうとする。誰が見ても明らかな求愛行動に、マージョリーだって彼に「疎ましく思われている」とはもう考えていない。

とはいえ、何か目的があってマージョリーの歓心を得なければならない可能性も否定できない。

（そうよ。私を信用させて、その後また殺すかもしれない）

なんの根拠もないと分かっていても、深読みをして疑ってしまうのは、他でもない一度目の人生の記憶があるからだ。身も心も結ばれたと喜んだ矢先に刺殺されたという記憶が、ギードを信じられなくさせていた。

胸の裡でぐるぐると葛藤していると、ギードがクツリと喉を鳴らした。

「……答えてさえ、くれませんか」

低く、脱力したような声だった。

驚いて顔を上げると、ギードがゾッとするほど昏い笑みを浮かべていた。

その表情を見た途端、背中をゾワッと寒気が走り抜け、肌が総毛立つ。唐突に周囲の空気が真冬のように冷たく感じられたのは気のせいだろうか。

「……君を取り戻したかった。君とまた、笑い合いたかった。君の笑顔を、もう一度見られたらと……それだけを願ってきたのです。それなのに……」

ギードは譫言（うわごと）のようにぶつぶつと呟いた。

ひたりと据えられた眼差しはどこか茫洋（ぼうよう）としている。赤い瞳の中の黒い瞳孔が丸くなっていた。こちらを見ているようで、その瞳には何も映していないのだ。

マージョリーは怖くなって、ギードの手の中から自分の手を引き抜こうとした。

だがギードがカッと目を見開いたものだから、小さく悲鳴を上げてしまう。

「きゃ……！」

「君が愛してくれるまで、待とうと思っていました。愛してくれなくとも、僕に笑いかけてくれるまで、と。……それだけの所業を、僕はしたのだから。待つ義務があると思っていたのです。……だが、もういい。君が僕の所業を覚えていようがいまいが、どちらでも構わない。僕はもう、待つのをやめます。そうしないと大変なことになってしまうから」

一切の表情を削ぎ落とした無の顔でそう言って、ギードはパチリと指を鳴らす。

その瞬間、マージョリーの着ていた夜着が消えた。

「——えっ」

一瞬何が起こったのか分からなかったが、いきなり全身に心許なさを感じて視線を下げる。すると自分の全裸姿が見えた。白い双丘、その上に揺れる薄紅の乳首、中途半端に片脚だけ曲げて立てられた膝、その下に伸びる太腿——。

あまりの状況に頭が真っ白になる。

「きゃ……むぅっ」

盛大な悲鳴を上げようとすれば、ギードの大きな手が伸びてきて、口を塞がれた。

「しぃ……。抵抗されると、酷くしたくなります」

優しく宥めるように囁かれると、かえって恐怖心が強まった。

微笑が顔にのっているのに、その目が笑っていないのがまた怖かった。

ひく、と喉を鳴らして悲鳴を呑み込んだマージョリーに、ギードがうっそりと笑う。

「いい子ですね」

「いやぁっ！」

マージョリーは叫んでギードを押し退けようとしたが、見えない何かに身体を縛られているかのように、ピクリとも動かなかった。

驚いて目を瞠っていると、ギードが残念そうに肩を竦めた。

「抵抗しないでと言ったでしょう？　僕のお願いを聞いてくださらないのですから、仕方ありません」

魔導術で身体の自由を奪われたのだと分かり、マージョリーは愕然とした。

ギードがそこまでするとは思わなかったのだ。

一度目の時はもちろん優しかった。魔王になってからは、強引な真似もするけれど、マージョリーが嫌がれば無理強いはしなかった。それなのに――。

「君がいつまでも僕から逃げようとするからいけないんですよ」

イタズラをする子どもを咎めるような口調で言って、ギードがマージョリーの首筋に食らいついてきた。大きく口を開いた彼の尖った犬歯が垣間見えて、身体が竦む。

だがその尖った歯は柔肌を食い破ることはなく、わずかな痛みを与えた後、また別の場所へと移動してガブリ、ガブリとマージョリーの肌に歯型をつけていく。

まるで大型犬に甘噛みされているみたいだ、と思ったが、この男が犬なんかであるわけがない。実際に彼の甘噛みはただ噛むだけでなく、噛みながらマージョリーの肌をいやらしく舐(ねぶ)り上げている。熱い舌に肌を撫でられると、快感がビリビリと身体中に流れた。自分の内側が、ギードの愛撫に合わせて蕩け始めるのが分かってしまう。

ギードの大きな手が、肉を掬い上げるようにしてマージョリーの乳房を鷲摑みにした。マージョリーはパッと視線を逸らす。自分の白い肉に彼の指が埋もれるようにしている様に、妙に恥ずかしさを覚えてしまった。

「……柔らかいな。白くて、赤い実がのっていて……美味しそうだ」

乳房をまじまじと見下ろしていたギードがぽつりと呟いて、頂きをパクリと口に含む。

「あっ……！」

胸の先に、熱く濡れた口内の感触を直に感じて、マージョリーは悲鳴を上げる。

そんなことをされたのは初めてだ。一度目の時、ギードはあまり胸を触らなかった。

彫像のような完璧な美貌が自分の胸を吸っている様子に、マージョリーは妙な心地になってしまう。恥ずかしいような、愛しいような……ギードの頭を叩きたい気持ちと撫で

たい気持ちの両方に苛まれ、ぎゅっと目を閉じた。見るのはやめておこう。

だが目を閉じた瞬間、乳首を強く吸われてまた目を開く。

「あっ、吸っちゃ……ああっ」

マージョリーが反応したのを喜ぶように、ギードは吸うだけでなく、舌を絡めたり噛んだりして、乳首で遊び始める。もう片方も指で捏ねられ、マージョリーは頭がおかしくなりそうだった。

思えば一度目の時も、彼はマージョリーが反応した場所をしつこく攻めてきていた。

「あ、も、やぁっ……そこばっかり……、もう、痛いから……！」

もうどのくらい乳首ばかり弄られているか分からない。

ギードに執拗に吸われたり嬲られたりして、マージョリーの乳首はすっかり赤く腫れあがってしまっていた。それだけでなく、白い乳房にはいくつもの歯型がついている。

（……そういえば、一度目の時もそこら中に噛み痕をつけていたわね……）

もしかしたら噛み癖があるのかもしれない。

ギードはまだ指でクリクリと両方の乳首を捏ねていたが、痛いと訴えられたことで残念そうに手を放した。

「すみません、あまり長い時間触ると痛いのですね」

そう言うと、まるで乳首に謝るようにしてキスを落とし、今度はマージョリーの両膝に手をかけた。

「あっ……！」

　がばりと脚を開かされ、マージョリーは全身に力を込める。阻止したかったけれど、やはり四肢に力が入らなかった。丸見えになったその場所に、ギードの視線を感じる。

「や、いやだ、見ないでください……！」

「どうして？」

「は、恥ずかしいからですっ……！」

「今更ですよ」

　泣きそうな声でお願いしたのに、ギードに短く却下される。もう泣き真似も効かなくなってしまった。

　じっとそこを見つめていたギードが、不意に笑って言った。

「……濡れていますよ、マージョリー」

　カッと顔に血が上る。あれほど執拗に愛撫されれば、誰だってこうなる。そう言いたかったけれど、言わなかった。なんとなく言えば言うほど墓穴を掘る気がしたからだ。

　唇を噛んでプイッと横を向くと、ギードがクスッと笑うのが聞こえた。

「そんな顔をしても可愛いだけですよ」

　甘い声でそう言うと、ギードはマージョリーの脚の間に陣取った。

「……っ、待って！」

このまま挿入されてしまうのだと思ったマージョリーは、ギョッとして制止の声を上げたが、ギードにキスで黙らせられる。肉厚の舌が歯列を割って侵入してきて、マージョリーの口内を荒々しく犯した。舐られ、吸われ、絡められ——散々翻弄された後、ようやく解放される。

涎塗れ（よだれまみ）になったマージョリーの口元を指で拭いながら、ギードは身体を起こして言った。

「大丈夫。まだ挿れ（い）たりしません。今のあなたはまだ処女でしょうし、僕のものを受け止める前によく慣らさないと……。だから、先に僕を落ち着かせてほしいのです」

キスで朦朧（もうろう）としながらも、マージョリーはどういう意味だろうかと考える。

(落ち着かせて……？)

ぼんやりとしたままの彼女に、ギードはまたふっと笑って頬にキスした。

「君を待つ時間があまりにも長くて……僕の欲望が爆発しそうなのです。このままでは君をめちゃくちゃにして壊してしまう」

壊してしまう、というところだけ声がものすごく低く無機質になって、マージョリーはゾッと肝が冷える。本気だ。これは本気だ。魔王の本気のめちゃくちゃは、きっととんでもなくめちゃくちゃだろう。それはダメだ。それだけはダメだ。

「ですから、あまり僕を拒まないで。……分かりましたか？」

マージョリーはコクコクと頷いた。どうでもいいが、首から上は動かせるようにしてくれているらしい。

ギードはニコリと微笑むと、また上体を戻した。そしてマージョリーの両脚をもう一度広げ直す。その体勢は、閨の授業で習った交配の基本の体勢だ。

（ほ、本当に挿入しない……？　けれど、これは交わる時の体位よね？）

油断させておいて……などと戦々恐々としていると、蜜口にヒタリと熱いものが当てられた。それが何であるかは、見なくとも分かる。

「……っ、やっぱり……！」

騙された、と顔を上げてギードを睨むと、ギードはまた「しーっ」と囁くように言った。

「大丈夫、挿れたりしませんよ。まだ」

「ま、まだって……！」

挿れる気満々ではないか、と目を吊り上げると、ギードはふう、と小さく息を吐く。

「大丈夫です。先ほど言ったでしょう？　一度僕を落ち着かせてほしいと」

それだけ言うと、ギードはゆっくりと腰を揺らし始める。

（お、落ち着かせてって……）

どういうことなのか、とまだ問いたい気持ちはあったが、あまり拒むようなことを言い続けて、彼を怒らせてもいけない。

最初は挿入してしまうのではとヒヤヒヤしていたが、どうやらギードはマージョリーから溢れ出た愛液を自身の熱杭に擦り付けているようだ。そして満足したのか、一度腰を引くと、今度は開かせていたマージョリーの脚を閉じた。

（え……？）

これで終わりなのだろうか、と思ったけれど、脚の間にはギードの一物がのったままだ。おまけに脚を閉じているので、自分の太腿の間にそれが挟まっている感じがして、なんとも奇妙である。

どういう状況なのだろう、と頭の中を疑問符でいっぱいにしていると、マージョリーの両膝を抱えるようにして持ったギードが、少し頬を紅潮させて言った。

「……少し、付き合ってくださいね」

「……？」

何に？　と思ったが、ギードが動き始めたのでそれどころではなくなった。

「……っ、ぁっ、あ、あんっ、や、ぁ、あ！」

ギードは熱杭をマージョリーの脚の間に挟んだまま、激しく腰を動かし始めたのだ。

熱杭は硬く、陰唇の上を前後するたびにマージョリーの小さな陰核を擦り嬲(なぶ)る。強烈な快感を矢継ぎ早に叩きつけられて、頭の芯が白く痺れた。

激しい愉悦に淫液は腹の奥から止めどなく溢れ出て、凶暴な雄蕊の動きを助けている。

ぐちゅ、ぐちゃ、という酷く卑猥な水音と、ギードが腰を打ち付ける拍手のような音が寝室にこだました。

「あ、ああっ、……ッ、は、ああっ」

我慢をしようとしても、ギードの熱いもので快楽の粒を捏ねられると、どうしても嬌声が漏れ出る。愉悦の熱が身体に籠もって、今にも爆発しそうだった。

柔らかな内腿を滑る凶悪な肉竿が、前後する間にもビクビクと動いているのが分かる。

多分、ギードもまた限界にきているのだろう。

「あ、も、ギード、ギード……！」

白い快感に酩酊しながら、マージョリーは名を呼んだ。

お腹が熱い。身体が熱い。心臓は速く動きすぎて、壊れてしまいそうだ。

「あ……だめ、も……！」

飛んだ、と思った瞬間、身の内側で膨れ切った快感が、パンと弾ける。びくびく、と背中を痙攣させて、マージョリーは高みに駆け上がる。

「っく、マージョリー！」

マージョリーの後を追うように、ギードが律動を速めた。

割れ目を滑っていた熱杭が、そのあわいに食い込むようにぐっと押し付けられ、脚の間でそれが弾けた。

びゅく、びゅく、と痙攣するギードの雄蕊から白い子種が吐き出され、マージョリーの腹や胸を盛大に汚していく。温かいそれらを感じながら、マージョリーはゆっくりと身体を弛緩させていった。

「ああ、マージョリー……マージョリー！」

ギードが覆い被さってきて、マージョリーの顔中にキスの雨を降らせながら、浮かされたように何度も名を呼ぶ。

切羽詰まったその声が、どうしてこんなにも愛しいと思うのか。

――もう、分かっているくせに。

ギードのもたらす快感と熱に翻弄されながらも、マージョリーは自分をせせら笑うもう一人の自分の声を聞く。

（ああ、そうね、その通り）

四肢を動かせないもどかしさに、眉根が寄った。

この腕を動かせたなら、彼を抱き締めるのに。

（――抱き締めたい。そう思うのは、私がギードを愛しているから……）

殺されても、嘘をつかれても、騙されているかもしれなくても、また殺されてしまうかもしれなくても――。

モランの王女として祖国を守りたい。それは本当だ。だけど、もしモランを守らなくてもいいとしたら、マージョリーはきっととっくにギードの腕に飛び込んでいただろう。

（……愛しているわ、ギード。たとえあなたが私を殺すとしても）

その言葉を口にするのは、まだ早い。想いだけで動けるほど、マージョリーが背負っているものは軽くないからだ。

（……でも、せめて今だけは）

愛している、と口にしかけたマージョリーは、しかし険しい顔をしたギードにギョッとなって口を閉じた。

「……ギード？」

先ほどまで蕩けるような顔をしていたのに、どうしたのだろう。

ギードの眼差しはマージョリーの胸の辺りに注がれていた。

「……？」

そこに何があるのだろう、と視線を下ろすと、乳房と乳房の間がなんだか赤くなっている。

（まあ。肌を擦ってしまったのかしら……）

色が白いせいか、擦るとすぐに赤くなったり痣になったりしてしまうのだ。

「きっと擦れてしまったのですわ。でも大丈夫です」

ギードがマージョリーの肌を心配して怖い顔をしているのだと思い、安心させようと笑顔でそう告げたのに、彼は険しい表情のままだった。

「……ギード？」

「すみません、マージョリー。所用ができました」

短くそう告げたかと思うと、ギードは音もなくその場から消えた。

「え……？」

マージョリーは思わずベッドから身を起こし、周囲を見回した。だがやはり部屋のどこにも彼の姿はない。

「転移魔導術……か」

それにしても退場が急ではないか。

「どうしたのかしら……。なんだか様子がおかしかったけれど……」

マージョリーの胸を見た途端、ギードの様子が一変した。

（……でも、血が出ているわけでもあるまいし、そんなに心配することは……）

そうして自分の胸を見下ろしたマージョリーは、「あら？」と首を捻る。

先ほどは確かに赤くなってた場所が、白いままだったからだ。

「なんともないわ。おかしいわね……さっきは確かに赤く見えたのに……」

手でその辺りに触れてみたが、痛くも痒くもなく、まったく異常はない。

「見間違いだったのかしら……」

不思議に思いながらも、マージョリーは先ほどまでギードがいた場所をそっと手でなぞった。まだ彼の温もりが残っていて、嬉しいと思った。

（……ねえ、あなたの『愛している』を信じていいのかしら）

その言葉に裏がなく、本当に自分を妻にしたいと思っているのだとしたら——。

（あの一度目で私を殺したのには、何か私のために理由があったのかもしれない……）

彼の残した体温を掌に感じながら、マージョリーはゆっくりと目を閉じたのだった。

第六章　つまり私を殺したのは……

自室にあるマホガニーの執務机に向かいながら、マージョリーはため息をついていた。

（……昨夜のことを思い出すと、何も手に付かないわ……）

昨夜のこと——すなわちギードにベッドに押し倒された件である。

ギードはこれまで、必要以上に接触したがってはいたが、強引な真似をしようとはしなかった。接触というのもマージョリーが窘めればしぶしぶやめてくれていたし、あくまでマージョリーの気持ちを尊重してくれていたのだ。

切なげなギードの声が頭の中に蘇る。

『分かっていないでしょう、マージョリー。僕が愛していると何度言っても、君は信じない。なぜですか？　僕は君を愛している。本当に、愛しているのに……！』

あんなギードは初めて見た。辛そうで、苦しそうで——手を差し伸べて慰めたいと思ってしまった。

（……愛しているという言葉が本当ならば、私を殺したのはなぜ？）

やはりどうしてもその一点が引っ掛かり、マージョリーはため息をついた。

なぜ、と思う時点で、自分はギードを信じているのだ。

彼の手を取りたい。彼の愛を信じたい。

そしてもう一度、彼と共に人生を歩んでいきたい。

愚かなことだと分かっている。一度騙されて殺されても、まだ信じているだなんて。

（……それでも、昨夜の言葉が全て嘘だとは思いたくないわ、ギード）

『……リー殿下。マージョリー殿下！』

自分の名を呼ぶ大声に、マージョリーは物思いから返った。

目の前には水を張った大きな水盥があり、その水面にはマイロの顔が映っている。細い目の教授は、盛大に呆れた表情をしていた。

（し、しまった……！　私、マイロと水鏡で通信をしている最中だったのだわ！）

水鏡通信とは、水に互いの姿を映し合ってする通信のことで、もちろん魔導術の一種である。魔力を込めた水に魔導術をかけた水晶を沈めると、特定の相手の姿を映し出すだけでなく、その相手と喋ることができるのだそうだ。

かくいうマージョリーも、この水鏡による通信方法を知ったのは先ほどだ。

朝起きて、昨夜のことをボーッと考えながらベッドに座っていると、起こしに来てくれた侍女が「陛下よりお渡しするようにと申し付けられました」と、水鏡通信用の水晶を渡してきた。少し前にモランの人に近況報告したいと言ったのを覚えてくれていたのだろう。レーデに来てから、自分が惑ってばかりいる気がしていた。祖国の人と話すことで、王女としての責任を再確認したかったのだ。

　いつもはエルナが起こしに来てくれるのだが、ギードと婚約破棄したいと告げて以来、彼女は手あたり次第に情報を集めに奔走してくれているらしく、今のように他の侍女が彼女の役割を担うことが出てきていた。

　エルナが傍にいないことに少し心許なさを覚えるが、彼女は自分が頼んだことのために頑張ってくれているのだ。文句を言えるわけがない。

（それに、他の人たちもとても親切だったし……）

　一度目の時の記憶があるせいか、エルナ以外の侍女を警戒してしまっていたのだが、世話を焼いてくれる侍女たちは皆優しく、本当にマージョリーを敬ってくれているのが分かった。マージョリーが魔力を持っていないことにも偏見がないように見える。皆、あまりにも良い人たちばかりで、これまで敬遠していたことを謝りたくなるくらいだ。

　水鏡通信の方法は、持ってきてくれた侍女が教えてくれた。モランの父と通信したいと伝えると、少し困った顔になった。

「モランは魔導術の浸透していない国と伺いました。となれば、いきなり水鏡による通信をすれば、混乱されてしまうのではないでしょうか……？」

それもそうだ、とマージョリーは頷いた。

（お父様相手だと……どうなってしまうのかしら？　ギードに会う前だったら激怒して水鏡の存在ごとなかったことにしてしまいそうだけれど……）

ギードに会った後——価値観が激変したのか、或いはギードの魔導術にかかっているのかは分からないが、魔導術や魔力といったものを嬉々として受け入れている父なら、水鏡通信をしたら大興奮して大騒ぎするのが目に浮かぶ。大臣たちを呼んで水鏡通信のお披露目会なんかを開催しかねない。それはそれで二国間の文化交流の先駆けとしてとても良いイベントだとは思うが、今はまだそういう段階ではないのだ。

（……だめだわ。どちらにしても、相手はお父様ではいけないわね）

では誰がいいか——と考えて、すぐに思い至る人物がいた。

言わずと知れた、マイロ・オマリーだ。モランで最も魔導術や魔力といったものに造詣の深い人物である。

侍女に伝えるとそれならば大丈夫だろうと、マイロとの通信を試みてくれたのだ。

水鏡で話しかけた時、マイロの方は朝食後のお茶を嗜んでいるところだった。ティーカップの中からマージョリーの声が聞こえた時には、吃驚するあまりひっくり返りそうになっていたが、そこはさすがマイロ。事情を知るとすぐに状況に順応し、ティーカップではなく自分も水盥を用意して喋り始めたというわけだ。

かくして、マージョリーはマイロとの遠距離通信を行い、レーデ訪問の経緯を説明していたところだったのだ。

ちなみに侍女は「積もるお話もおありでしょうから」と遠慮して部屋を出て行った。

水鏡の操作に慣れないマージョリーとしてはいてくれても良かったのだが、マイロの長い話に付き合わせるのも悪いだろう。

「ごめんなさい、マイロ。少しぼーっとしてしまって……」

慌てて水鏡に向き直って謝ると、マイロは心配そうに眉を寄せた。

『お疲れなのでは？　そもそも、殿下のレーデ訪問も寝耳に水の事態でしたから、私もやきもきしていたのです。そちらで酷い目に遭わされているのでは⁉』

マイロが眦を吊り上げ始めたので、マージョリーは焦って両手を振って否定する。

「だ、大丈夫よ！　酷い目どころか、とても丁重にもてなしていただいているから！」

『そうですか。ならばいいのですが……それにしても、ずいぶんとお疲れのようだ』

「それは……やはり慣れない異国での生活ですし、それに、やろうとしていたことが、思うようにいかなくて……」

はぁ、とため息をつくと、マイロはピクリと眉を動かした。

『と、仰いますと？』

「私、今回のレーデ訪問で、ギードがなぜ私ともう一度結婚しようとしているのか、その理由を探ろうと思っていたのです。だって、一度目の時に私を殺していながら、もう一度結婚しようなんておかしいでしょう？」

『確かにおかしいですね。裏があると思うのも自然のことでしょう』

キッパリとマイロに肯定され、少し悲しくなってしまう。

だがこれが客観的に見た判断なのだ。

マージョリーは、ギードが自分を殺したのには、何らかの事情があると推測しているし、おそらくそれは正しいのだが、正しい事を立証するためには物事を客観視する必要がある。

「そうなのです。裏があると思いました。私を油断させて、また殺すつもりなのかと疑ったりもしたのです。それなのに……ギードはずっと私に求愛し続けるのです。昨日は私が彼の愛を信じてくれないと……泣いてすらいたのです。彼が泣く姿など、初めて見ました。一度目の時にだって見たことがなかったのに……」

思い余って喋るつもりではなかったことまで喋ってしまった。

しまった、と自分の口に手をやったが、マイロは『ふむ、魔王が泣いて……』と何かを思案するように目を閉じている。

『そもそも、一度目の時に殿下を殺したのは、本当に彼だったのですか？』

マイロの質問が意外すぎて、マージョリーは一瞬呆気に取られた。

「ええ、それはもちろん。私の胸を貫いていたのは彼の剣でしたし、その柄を握っていたのも彼でした。それに、彼が言ったのです。『僕のために、死んでください』と」

『〝僕のために死んでください〟、ですか……ふぅむ』

　マイロはまた考え込む。

　その様子に、何か含むものを感じて、マージョリーはマイロに言った。

「な、何かお考えがあるのですか？　何か、分かったことなどが……？」

　多くの知識を持つマイロならば、事実からマージョリーが気づかないことも拾い上げるのかもしれない。そう期待して訊ねると、マイロは困ったように首を捻った。

『その逆です。分からないことがあるのですよ』

「分からないこと、ですか……」

　マージョリーは内心ガッカリしてしまう。分からないことならば、自分にだって山のようにあるのだ。

『私は学者ですので、特定の事象を研究しようとすれば、どうしてもその根拠となる文献や伝承といった文化的遺産を探したくなる。殿下の話は、モランの建国史や古い言い伝え、はたまた伝奇などに通じる――つまりは書物による裏付けができるものが多かった。これは前にお話ししましたね？』

　言われて、マージョリーは頷いた。

　伝承に残る多くの『奇跡』と呼ばれているものが、魔導術によるものだということだ。

なんとモラン王国の建国史に『魔王』についての記述まであって、驚いたものだ。

『だが一つだけ、それができない事があるのですよ』

「守護獣のことでしょうか？」

まるちゃんの話をした時、マイロが興味深げにしていたのを覚えていたので挙げたのだが、マイロは首を横に振った。

『守護獣に関しては、あの後調べた結果、モランの南東部の漁村に伝わる話に、狼の魔獣を傍らに連れた魔女というものが存在しました。そうではなく、いくら探してもなんの情報も出て来ないのは、〝片翼〟という概念です』

マイロの言葉に、今度はマージョリーが首を傾げる。『片翼』についてモランに文献が残っていないのは、当然だと思えたからだ。

「え……、だってそれは、レーデ特有のものだからなのではないですか？　『片翼』は魔力の相性で決定されるらしいので、魔力を持たないモラン人にはない概念ですし……」

するとマイロが細い目をカッと見開いて叫んだ。

『殿下！　なんと愚かな勘違いをなさって！』

「えっ？　か、勘違い？」

眼を白黒させるマージョリーに、マイロはやれやれと言わんばかりに頭を抱える。

『我々モラン人が魔力を持たない、ですって？　我々には……それどころか、あらゆる動植物にも、魔力は備わっているのです！』

「――え……えぇぇっ!?」

　驚きすぎて、悲鳴のような声が出てしまった。

「そ、そんな……？　だってモラン人は誰も魔導術なんて使えないではないですか……！」

『魔導術が使えないのは、魔力がないからではなく、その方法を習得していないからです。現に、一度目の時に殿下の夫であった彼が、その身に膨大な魔力を有していながら、それを上手く扱えないと言ってたでしょう？』

　指摘され、マージョリーはアッとなる。確かに一度目の時、ギードは魔力を持ちながら使えない魔導術がたくさんあった。

『人間だけでなく、ありとあらゆる動植物、そして土や火、風や水、金属といった森羅万象全てに魔力は存在するのです。魔導術というのは、その魔力の方向を操る術。ですから、〝魔力を導くための学問〟という意味で〝魔導学〟と呼んでいるのです』

「方向を操る……」

『ええ。とにかく、その保有量の大小はあれど、我々モラン人も魔力を持っています。だからこそ、時折自然と魔導術を使うことができる人間が現れ、文献や伝奇として残っているのです』

自分の講義をちゃんと聞いていないからこういうことになるのだ、とマイロはぶつぶつと文句を言っていたが、マージョリーはそれどころではなかった。

(……待って、どういうこと……？)

今聞いた事実に、頭の中が盛大に混乱していた。

モラン人である自分には魔力がないと思っていたから、自分はギードの『片翼』にはなれないのだと思っていた。だが、マイロは魔力とは誰にでも存在するものだと言った。

「……マイロ、つまり、私も、魔力を持っていると……？」

訊ねる声が震えてしまった。それはとても重要なことだ。

『無論。あなたも魔力をお持ちですとも』

「……では、私もギードの『片翼』である可能性が……あるということですね？」

そうであればいいのにと、これまで何度願ってきただろう。

自分がギードの唯一無二になれたらと。そうすれば、彼を諦める必要なんかなかった。

彼が本当に幸せになるためには、『片翼』でないといけないから。だから——。

マージョリーの問いに、マイロは少し沈黙した後、「ええ」と首肯した。

『その〝片翼〟というものが、魔力の相性によって決められる配偶者——なのであれば、殿下が彼の〝片翼〟である可能性は、当然ながらあります』

瞼を閉じた。熱いものが喉元を通り過ぎる。

それはあらゆる感情だった。歓喜と悲哀、そして、激怒だ。

（ばかだった。私は、なんてばかだったの）

感情がごちゃまぜになり、腹の中で熱く燃えている。過去の全てを燃やし尽くしてしまいたいほどだ。

（けれど、それらは過去でしかない。過去を嘆いていても、何も変わらないわ。私は、進まなければいけない）

マージョリーは腹の炎を呑み込んだまま、静かに瞼を開く。

「――ありがとう、マイロ。これで道が見えたわ」

微笑んで礼を言うと、マージョリーはそっと水から水晶を取り出し、水鏡を閉じた。

「行かなければ」

あの人に会い、確かめなくてはならないことがあった。

＊＊＊

ギードは怒っていた。

真っ赤な怒りは消えることはなく、延々と燃え盛り続けている。

あまりに強い怒りのせいで、その身から立ち上る魔力がギードの黒髪をゆらゆらと揺らしている。

魔力というものは、この世の森羅万象を巡っている目に見えない気のようなものだ。大地や空、風や水、そして動植物などの中を循環しているのだ。人に宿ることのできる魔力は世界全体から見ればごく微量で、魔導術を使わずに目に見える現象を引き起こすことは不可能なのだが、魔王となれば違うらしい。

魔王になったせいでこの身の内に宿る魔力は、量が増大しただけでなく濃度も増したようで、魔導術を使わずとも周囲の空気を振動させ、髪の毛を揺らすことぐらいは可能になってしまった。

自分では気にも留めない程度のことだが、他の者の目にはどうやら恐ろしげに映るらしく、ギードの髪が揺れ始めると、周囲から人がいなくなる。

自分に阿るばかりの者どもに集まられても煩わしいだけなので、実に都合が良くはある。そして今も、この怒りに任せて周囲を破壊してしまいそうなので、誰もいない方がいい。

眼裏に映るのは、昨夜見た忌々しい呪印だった。

マージョリーの白い肌にくっきりと浮き出た、赤い呪印――。

古代の象形文字で描かれた円の中に、マージョリーを示す文字列、そしてマージョリーの生年月日が記され、その左右に五芒星が描かれていた。

(――あれは、間違いなくあの呪印だ)

かつてマージョリーにかけられていた呪いと同じものだった。

（あの呪いは、私のかけた呪いで相殺できていたとばかり思っていたのに……！）

一度目の人生で、マージョリーは何者かによって呪われていた。

それは「処女を喪失すると死ぬ」というものだった。なんのために彼女にそんな呪いをかけたのかは、想像がつく。当時のレーデでは敗戦国であるモランの王女のマージョリーは蔑視の対象だった。末席とはいえ高貴な王族の血を引くギードの子を、モラン人に孕ませるわけにはいかないと声高に叫ぶ者はあちこちにいた。

ギードがマージョリーを自分の離宮に囲い込む前なら、呪いはかけ放題だっただろう。かけた術者は非常に精巧かつ周到な性質のようで、その呪印は他の者に気づかれないように普段は見えないようにされていた。呪印を他者の目から隠す方法はあるが、かなり高度なテクニックが必要となる。相手は魔導術の相当な使い手なのだろう。

魔王になった今なら問題なく暴けるが、当時の未熟なギードでは呪印を見つけることはできなかった。

ギードが気づいたのは、初めての情事の後だった。事後、体温の上がったマージョリーの肌に、あの呪印が一瞬浮かび上がったのだ。まさか、と蒼褪めた時には既に遅く、マージョリーが苦しみだした。

（かつての自分には呪いを解くことはできず、あのまま放っておけば、マージョリーが呪い殺されてしまっていた……）

だからギードは、呪いが成就する前に新たな呪いをかけてそれを上書きしたのだ。

それは、時を戻す呪い――禁術とされているその魔導術だ。時を戻すとこの世界はなかったことになる。つまりマージョリーが誰かにかけられた呪いもなかったことになるのだ。禁術とされているのは、代償に人の命を要するからだ。この禁術は、術者の「最も愛する者」を殺さなくてはならない。

禁止されているのになぜギードが知っているかは、この術を使える者のみが「魔王」となる、という伝説がこの国にあるからだ。童謡にもなっているこの伝説を聞いて育つため、レーデの子どもは「魔王」に憧れるようになる。

魔導術者として落ちこぼれであった自分が、そんな大それた術を使えるわけがない、と普段なら考えただろう。だが目の前で最愛の人が死にかけている状況で、そんな愚かな弱音を吐いてなどいられない。ギードは無我夢中だった。うろ覚えの術式を頭に思い描き、そこに己の魔力を注いでいく。なんらかの魔導術を使おうとする時、いつもはここで失敗する。ギードは身の内にある魔力を上手く捕らえることができないのだ。

だがその時は違った。集中力が極限まで高まり、頭の芯が冴えていた。己の中の魔力の流れが視えたのだ。己の魔力は、光の筋――いや、光の海のようだった。海流のように躍動していて、留まることはない。そして膨大な量のせいか、その動きは目で追うのが大変なほどに速かった。

　なるほど、だから僕は上手く魔導術が使えなかったのか、と妙に納得した。魔導術とは動き続けるこの波を捕らえ、その軌道を変えることだ。これほど速く動くものを、しかも見えていない状態ならば上手く制御できなくて当然だ。

　だが見えている今ならば、それは問題なかった。ギードは動く魔力の端を捕らえると、それを術式の上へと誘導した。

　マージョリーを救おうという強い意志のせいか、驚くほどスムーズに術式に魔力を注ぐ道は繋がった。

　最後に必要なのは、代償だ。

(時間を戻しさえすれば、マージョリーは死を免れる)

だからここでマージョリーを殺さねばならない。

　分かっていても、最愛の人を殺すことへの恐怖は拭えなかった。

　震える手で握ったのは、亡き母の形見の長剣だ。ギードの母は彼を産んで間もなく亡くなった。魔力の強すぎる子を孕んでいたせいで、身体が弱ってしまったからだ。

　子のせいで死ぬことになったというのに、母は子のために生家に伝わるという長剣を遺してくれていた。持ち主が危機に瀕した時に守ってくれるという伝説があるものだ。

　母の記憶はほとんどないけれど、この長剣は大切にしていた。自分が誰かに愛された証拠のように思えていたからだ。

　戦えないギードが剣を大事にすることを、周囲の者たちは嘲ったが、マージョリーは違った。剣の手入れをするギードに、「この剣はあなたに似ていますね。惚れ惚れするくらい力があるのに、人を守るためにあるのね」と笑って言ってくれた。

（許してください、マージョリー。僕は君を殺す。けれど、それは死をもって別れるためではない。死をもって、再び共にあるためだ）

　勝手な願いだ、と我ながら思った。二人は互いに恋をして結ばれた夫婦ではない。ギードはひと目見た時から彼女を欲しいと思ったが、マージョリーにとっては違っただろう。初めて会った時、マージョリーは酷く怯えた表情だったから。

　そもそも彼女にとってこの結婚は強制されたものでしかなかった。蔑まれ、酷い扱いしかされないこの国で、彼女がギードを愛するようになってくれたのは、ギードが唯一の味方だったからだ。身を守るための本能のようなものだ。

　マージョリーは本来、彼女が恋した相手と幸せな結婚をするはずだった。それができる人だったのだ。

（……本当に君のことを想うなら、君を解放してあげるべきなのに）

　時間を戻したとしても、ギードは彼女を諦めない。再び彼女と巡り合い、もう一度結ばれるためになんでもするだろう。

（全ては、僕のワガママだ。それに付き合わせることになるけれど、どうか僕を許してほしい。時間を巻き戻したら、必ず説明するから……）

そう祈りながら、ギードはマージョリーの胸に長剣を突き立てた。

彼女が息絶えた時、分かっていたのに絶望した。

マージョリーをこの手で殺したという事実に耐え切れず、ギードは自我を手放した。その結果、この身に宿る魔力が暴走し世界の全てを呑み込んだ。嵐が起こり、人はおろか周囲が建物ごと吹っ飛ぶ中、禁術が作動し世界が塗り替えられていった。一度混沌へと戻り、再び構築されるのだ。ギード自身もその混沌に身を委ねようと目を閉じた瞬間、自分の中に己の守護獣が入り込んでくるのが分かった。なぜ、と思ったが、その疑問の答えを追求する前に意識が落ちた。

そして気がつけば、五年前に時が戻っていた。

ギードには角が生えていて、「魔王」と呼ばれるようになったのはこの時からだ。

落ちこぼれだった時とは違い、己の魔力の捕らえ方を完全に習得できていたため、「魔王」に相応しい桁外れな強さを身につけたギードは、まずレーデを掌握することにした。

マージョリーの祖国モランを攻撃させるわけにはいかないからだ。

落ちこぼれだった時には太刀打ちできなかったきょうだいたちも、「魔王」となったギードの敵ではなかった。

国を我が物にした後、マージョリーを迎え入れるための環境づくりを行った。

マージョリーのことは幾度も見に行っていた。だが彼女に話しかけようとした時、蘇ったのは彼女を殺した時の記憶だ。最期の時、マージョリーはギードを見て「信じられない」という顔をしていた。自分を殺した相手を喜んで迎え入れてくれるとは思えず、話しかけようとするたびに躊躇してしまった。

会いたいのに、会えない——そんなジレンマを抱えて、毎日遠くから彼女を眺めるばかりだった。

王女として生きるマージョリーは誇り高く美しく、そして高度な文明の中で生きていた。南の大陸では魔導術がない代わりに、科学技術が発達していて、貧しいレーデよりも遥かに文明的な生活を送っていたのだ。

彼女にはモランと同程度の生活をしてほしい——それはギードの勝手な望みだ。おそらくマージョリーはそんなことは望んではいない。だがギードが嫌なのだ。自分と結ばれたことで彼女の生活の質が落ちるのは耐えられない。

（モランと同じくらい快適な環境を整えられたら、彼女に会いに行こう）

愚かな自己満足だ。分かっている。理由をつけて先送りにしているだけだ。だがギードはマージョリーに拒まれれば、自分を見失うことが分かっていた。絶望のあまり、彼女を閉じ込め、自分を愛するように洗脳くらいはするだろう。洗脳したマージョリーは本当の彼女ではないと理解しながら、お人形となった彼女と永久に生きる――そんな昏い未来を簡単に思い描ける程度には、自分は狂っているのだ。

（自分が度を越さないように、慎重に――）

そうこうしている内に、半年が経過していた。その間にマージョリーを迎え入れる環境も完璧に整った。

万全を期して彼女を迎えに行ったのが、市場での出会いだったというわけだ。

だが、マージョリーが一度目の人生を覚えていないのは誤算だった。

魔王誕生を伝える童謡は、時を戻す術の施術者の主語を複数形で表している。だから施術者は一人ではなく「実行する者」と「代償となる者」の両者を示すのだと考えていた。

施術者には記憶が残るものだと思い込んでいたのだが、もしかしたら「代償となる者」は施術者に数えられるわけではなく、或いは例外があるのかもしれない。いずれにしても、前例が遥か昔の建国王の一件のみなので、何が正解なのか確かめようもないのだが。

覚えていない彼女に「君を殺したのは私だ」とわざわざ怯えさせるようなことを言う必要はない、と安堵したものの、こうなると今度はいつ彼女がそれを思い出してしまうのか、と怯えるようになった。

殺したことは思い出してほしくないけれど、愛し合った記憶は思い出してほしい――そのジレンマに身悶えする日々の中、箍が外れそうになったのが、昨夜だ。

自分を拒むような台詞ばかり吐く彼女に迫り、自分を愛してほしいと願った。

彼女に触れ、頭がおかしくなるほどの幸せに満たされた矢先、彼女の胸の辺りに浮かび上がる呪印を見つけたのだ。

(時間が巻き戻ったことで、一度目の時の呪いは効果を失ったはず。それなのにまた現れた——それはつまり、もう一度誰かが彼女に呪いをかけたということ)

二度目の人生でギードがまずやったことは、一度目の人生でマージョリーに少しでも敵愾心を持っていた者たちを抹消していくことだった。初夜でマージョリーに男たちを差し向けた兄王子たちはもちろん、マージョリーに嫌がらせをした下女たちに至るまで、全てだ。おかげで王宮の人員は半分以上入れ替わることになったが、マージョリーにあの忌まわしい呪いをかける可能性がある者を生かしておく理由はない。

そしてマージョリーが来た時に備えて、王宮の者たちへの再教育を徹底した。そのために『魔王』というシンボルを最大限に利用し、魔王の言うことには絶対服従するように強制していった。

ギードがこのようなまどろっこしい方法を採らざるを得なかったのは、一度目の時にマージョリーが死にかけていたため、急いで時を戻さなくてはならず、呪いの主を特定する間がなかったせいだ。だから手あたり次第殺すしかなかったのだが——。

「まさか、殺しそこねていたとは……!」

マージョリーの呪印は新しく付けられたものだが、前回とまったく同じ形だった。呪印の形は同じ効果のものでも施術者によって異なる。つまり、これは一度目の時、マージョリーを呪い殺そうとした犯人と同じ者の仕業ということだ。そして、離れた場所からかけられる呪いもあるが、そのためには対象者の代わりとなる媒体――対象者の髪や体液といった、身体の一部が望ましい――が必要となる。それを手に入れられる状況となれば、必然的に傍にいる者となるのだ。

更に魔導術とは魔力の方向を操る術だ。つまり彼女が今どの方角にいるのかを把握できている者でなければ、呪いを正確にかけることは難しいのである。

（今、マージョリーの傍にいて、あれほど高度な魔導術を使える者は、ただ一人――）

それは情けないことに、ギードが犯人かもしれない人物のリストから、真っ先に外した者だった。その者は、マージョリーを呪っていたことがギードにバレたと察知したらしく、昨夜から行方をくらませている。

ギードは呪印発覚後すぐさまその行方を追っているのだが、あまりの怒りに身の内の魔力が荒れ狂い、制御しきれない状態になっている。ギードが魔力の制御を諦めれば、嵐や地震といった自然災害が一度に勃発し、世界は崩壊する。まずは自分が落ち着く必要があった。

あの時慌ててマージョリーの傍を離れたのは、あのまま傍にいれば彼女に怪我をさせていたかもしれないからだ。

守ると誓った自分が彼女を害してしまっては話にならない。

だが、怒りもようやく落ち着いた。

「待っていろ……死よりも恐ろしい地獄を見せてやる」

このギード・ヤーコプ・レーデの最愛の妻に手を出した罪の重さを、その身をもって知るがいい。

＊＊＊

マージョリーは神殿の沐浴場へ向かっていた。

サンクウィド城内にある神殿の中にある施設で、天然の泉が湧き出た所を神殿としたらしい。なんでもこの泉は女神サランディムの化身なのだそうだ。

(……ここにいるのね……)

マージョリーはゴクリと唾を呑んだ。

ここへやってきたのは、呼び出されたからだ。

ちょうど探していた時、他の女官がその人からの言づけを伝えてきたのだ。

『サランディムの泉にてお待ちしております。――あなたの探し人より』

意味深長な文章だ。こちらが探しているのを知っているということは、魔導術か何かで監視していたということなのか。

(単身乗り込むなんて……無謀だったかしら)

だがギードの手を借りようとは思わなかった。

(……だって、彼女が私に嘘をついた理由は多分……)

考え込みそうになって、マージョリーは頭をブンブンと振った。

予想している内容も、自分の憶測にすぎない。

全ては対峙してからだ。

マージョリーは深呼吸をすると、建物の中へと足を踏み入れた。

建物の中は静かだった。石造りのせいか中の空気はひんやりとしていて、厳かな雰囲気だ。人払いをしているのか、自分以外の人の気配がしない。

「あの、誰かいませんか?」

それほど大きな声を出したつもりはなかったが、声が天井まで響いた。それでも誰の返事もなかったので、マージョリーは仕方なく先に進んでいくことにする。

入口からまっすぐに奥へ進むと、大きなアーチ形の入口が見えた。

その奥にキラキラと光って見えるのは、水面だろうか。

「あそこが泉かしら……」

独り言だったのだが、今度はそれに応える声があった。

「お待ちしておりましたわ」

弦楽器のような響きのその声に、マージョリーはハッとなる。

分かっていたけれど、その声を聞くと事実を突きつけられた気がして、悲しさが込み上げてくる。

（でも今は泣いている場合じゃない）

グッと奥歯を噛み締めて、マージョリーはその先へと進んだ。

アーチ型の入口をくぐると、そこは大きな浴場のような場所になっていた。天井は先ほどよりも更に高く、高い場所に大きな窓が付いているのでとても明るい。中央には円形の大きな浴槽（プール）があり、その真ん中に大理石の女神の像が立ち、抱えた水瓶から浴槽に水を注いでいた。

その女神の像の隣に、その人は立っていた。

赤銅色の髪を梳き下ろし、白い装束を身に纏った彼女は、さながら女神のようだ。水に濡れた褐色の肌が、陽光を跳ね返して光っている。

「――エルナ」

マージョリーが名を呼ぶと、エルナは優しく微笑んだ。

「マージョリー殿下。ずいぶんと時間がかかったのですね」

　遅い、と暗に言われて、マージョリーは口の端を曲げる。

「……侍女の言づけを受けて、すぐにやってきたつもりだったのだけれど」

　走って来るべきだったとでも言うつもりだろうか。

　だがエルナはおかしそうにクスクスと笑った。

「あら。いいえ、そうではなく、あなたを呪い殺そうとしたのが私だと気づくのに、ずいぶん時間がかかったと言っているのですよ。少し考えれば分かりそうなものを、本当にあなたはおつむが鈍くていらっしゃる」

　当たり前のようにとんでもないことを暴露されて、マージョリーは目が飛び出るほど驚いた。

「……っ、なんですって？　呪い殺す？　どういうこと⁉」

　するとエルナも目を見開く。

「胸の呪印に気がついたから、ここにいらしたのでは？」

「呪印？　……もしかして、胸の辺りに浮き出た赤い痣みたいなやつのこと？」

　そういえばそんなものもあった。思い出しながら言うと、エルナが呆れたようにため息をついた。

「そうです。あれは私があなたを呪った印。あなたが処女を喪えば死ぬ呪いをかけてありますの」

「しょ……処女をうしな……!?　ど、どうしてそんなことを!?」

初めて聞く話に、マージョリーは頭の中が混乱してしまう。エルナに呪われていたという話も驚きだが、呪いの内容が意味不明すぎると思ったのだ。

だが同時に、納得することもあった。

(だからギードはあの時、途中でやめて出て行ってしまったのね……!)

マージョリーが呪われていることを知ったから、最後まで抱かなかったのだ。

胸の痣を見た途端顔色を変えたギードの様子を思い出し、とある仮説が頭に浮かんだ。

呪印は一瞬浮き出て、すぐに消えてしまった。どんな形をしていたのか、あまり思い出せないほどだ。それなのに、ギードはひと目見てそれが何であるのかを理解したようだった。一度見たことがあるからなのではないだろうか。

(一度目の時も、同じ呪いをかけられていたということ……?)

だがそれなら、ギードに殺されたあの記憶は一体なんなのだろうか。

ギードには何か事情があったのかもしれないという推測は、ここに繋がるのではないか。

そこまで考えたところでエルナの声が響いて、マージョリーは我に返った。

「あなたがギード陛下の子を孕むのを防ぐためですわ。魔王様の高貴なる血に、あなたのような下賤の血を混ぜるなんて言語道断ですもの!」

吐き捨てるように言われて、少し怯んでしまう。エルナの蔑むような態度に、一度目の時のことを思い出したからだ。あの頃、マージョリーは周囲からこんな視線を浴び続けていたのだ。

だが今は怯んでいる場合ではない。

マージョリーは気持ちを奮い立たせながら、エルナを睨み返す。

「私を殺したいほど憎んでいたから、嘘をついたの？　あなた、私に言ったわよね。私は外国人だから魔力を持たないって。『片翼』も嘘なんじゃないの？」

言いながら、マージョリーはエルナに言われた台詞を反芻していた。

『マージョリー殿下は、異国のお方。魔力のない者は……その、この国では蔑みの対象となってしまうのです』

つまり『レーデ人以外は魔力を持たない』と思い込ませようとしていたと言うことではないのか。

マージョリーがエルナに会いに来たのは、それを確かめるためだ。

「おやまあ、嘘だなんて。『片翼』については、あなたの方が先に『片翼』というものがあるのを知っている、と仰ったのですよ。私はそれに乗っただけ」

そう言われて、マージョリーはハッとなった。

エルナには一度目の記憶がないのだ。となれば、確かに今生では『片翼』と言い出したのは自分の方になる。

まさか記憶のない人に一度目の人生でのことを咎めるわけにもいかず、マージョリーはグッと唇を噛んだ。

そもそもマージョリーが魔導学をちゃんと理解していれば分かったことだ。

「……あなたは、ギードを愛しているのね」

マージョリーは静かに言った。

エルナがマージョリーを呪い殺そうとした理由は、考えるまでもない。

マージョリーの問いに、エルナがギロリとした眼差しを向ける。

「愛している？　そんな生温い想いなものか！　私はあの方を崇拝している！　あの方は魔王だ！　神なのだ！　私は能力を開花される前からずっと、あの方こそが魔王となられる方なのだと信じて、お傍でお仕えしてきたのだ！」

激高するエルナを、マージョリーは静かに見つめた。

エルナはギードの乳兄妹だった。ギードは生まれる前からその魔力の多さで期待をかけられていたというから、おそらく生まれてしばらくは優遇されていたのだろう。エルナもまた彼の乳兄妹として優遇されていたのかもしれない。それが、ギードが魔導術を上手く使えないと判明してからは、冷遇されるようになった。

エルナが「ギードならできるはずだ」と期待をかける気持ちは理解できる。そこに愛情があるなら、なおさらだ。

「ギード様ほど強く、美しい存在は、この世界で他にない……まさに『魔王』。至高の存在なのだ！　にもかかわらず、お前のような虫けらがあの方の隣に立つなど、到底許せることではない！」

建物中に響き渡るような怒号だった。

マージョリーは半ば気圧されながら、どこかで感心していた。

これほどの憎悪を抱いていながら、それを微塵も感じさせなかったなんて、なんという精神力だろうか。傍で世話をしてくれた彼女は、いつも穏やかで優しかったのに。

「──そう。では他に誰なら良かったの？　たとえば、あなた、かしら？」

マージョリーが挑発すると、エルナは憤怒の表情になり、文字通りその髪を逆立てた。どこからともなく風が起こり、彼女の髪を弄っているのだ。

（──魔導術だわ）

マージョリーはハッとして身構える。これは市場でのギードと同じだ。彼が怒った時に突風が吹き荒れたのだ。

「調子に乗るな、虫けらが」

エルナが低い声で言いながら、左手を掲げる。手の先が光りだしたのを見て、マージョリーは「まずい」と思った。あれはおそらく、攻撃魔導術だ。

突風は強まり、泉の水がまるで嵐の海のようにバシャバシャと波打ち始める。

（あれを食らったら多分死ぬわよね？　困ったわ！）

「おのれ……おのれ、あの方を惑わす虫けらが……！　この私がぶち殺してくれる！」

「お、落ち着いて！」

叫びながら、マージョリーは駆け出す。

エルナの手の光がもうこれ以上はないというほど強くなっている。それだけで、あれが相当威力のある攻撃であることは容易に想像がついた。

（当たらないように……できるかしら!?）

動き回っていれば、なんとか躱せるだろうか。

そう思った矢先に、エルナが光を投げてくる。

「きゃあっ！」

ドォン！　と強烈な音と共に、マージョリーのすぐ傍の床が爆発する。細かい破片が頬に当たって地味に痛いが、そんなことを気にしている場合ではない。必死で逃げながらも大理石の床が粉々になっているのを視界の隅に見て、ザッと血の気が引いた。一歩間違えれば、あれは自分の姿だったのだ。

「おのれ、ちょこまかと！」

命中しなかったことに腹を立てたのか、エルナが再び手の中に光を溜め始める。

「エ、エルナ、私を殺したからといって、ギードがあなたを愛するようになるわけではないわ！」

　無益なことはやめて落ち着きなさいと宥めたつもりだったが、エルナはますます恐ろしい形相になって歯軋りをした。

「いい加減にしなさい！　あなたのやっていることは、好きな人に振り向いてもらえない鬱憤を私にぶつけているだけのことよ！」

　正論を述べれば正気に戻ってくれるかもしれない、と考えて叫んだが、エルナの目が底光りしただけだった。

「死ね」

　地獄のような唸り声と共に、眩い光が彼女の手から弾ける。

　先ほどの攻撃より威力もスピードも増している。

　炸裂した光の玉は辺り一面を白一色に変えた。

　ギュッと目を閉じたマージョリーの頭の中に、これまでの人生が走馬灯のように浮かぶ。

　幼い頃の両親との思い出、恐ろしかった戦争、レーデでの慎ましい生活、ギードと一緒に育てた野菜の味、ギードの優しい微笑み、触れた時の身体の熱、そして一つに溶け合う喜び——。

　死を前にするのは二度目だ。死ぬ時に走馬灯を見るのは、己の人生の中に愛を探すからなのだろうか。一度目は走馬灯を見なかった。ギードが目の前にいてくれたから、過去の記憶を探る必要がなかったのだ。

二度目の今は、彼がいない。だから記憶の中に彼を――彼を愛した自分を探すのだ。

(――ギード、私、あなたを愛しているわ)

たとえギードに殺されたのだとしても、自分が彼を愛したことは真実だ。そしてマージョリーは彼を愛した自分を誇りに思っている。こうして死を前にして、その記憶を抱き締めるほどに。

(たとえあなたが私を殺したとしても、私はもう一度あなたの妻になりたい。ギード……)

もう一度彼を愛したい。何度でも、彼を愛するだろう。

ドォンという轟音が地響きと共に聞こえた。

ものすごい衝撃が全身を襲い、頭を揺さぶられたのを最後に、マージョリーの意識は途切れた。


――マージョリー。

自分を呼ぶ声に気づいて、マージョリーは閉じていた目を開いた。

(……あら？　私、どうしたのかしら……)

ぼんやりとする頭を押さえながら周囲を見ると、そこは何もない空間だった。

白とも灰色とも取れない曖昧な色彩が永遠に広がっているだけの、不思議な場所だ。

「……どういうこと？　ここはどこ？」

自分がなぜこの場所にいるのか分からず、きょろきょろしていると、先ほどの声がまた頭の中に響いた。

――マージョリー。良かった、目が覚めたのだな。

ホッとしたような口調だったが、誰のものかは分からない。そもそもこの声は頭に直接響くもので、耳から聞こえているわけではないのだ。

「誰？　誰の声なの？　ここはどこ？」

不可思議な経験をしているのに、どうしてか恐怖はなかった。なんだか懐かしい気すらしている。

――ここは我が精神領域だ。あの女の攻撃から守るために、一旦非難させている。

「攻撃……そうだわ、私、エルナに……！」

声から受けた説明で、マージョリーは意識を失う直前の事を思い出した。

エルナに嘘をつかれていたことに気づき、彼女を問い質そうとしたら、なぜか逆上した彼女に殺されそうになったのだった。

「しかも、エルナが私を呪い殺そうとしていたとか……」

思いがけない事実まで聞かされたのに、混乱する暇もなく攻撃されたのだ。

――そうだ。あの女は、そなたがギードと交尾をすると死ぬ、という呪いをまたかけておったのだ。

「こ……」

交尾、という実に分かりやすいが直接的な表現をされて、マージョリーは思わず顔を赤らめて絶句してしまう。

だがやはり、とも思った。

「……また、ということはやはり以前の私はギードに殺されたのではなく……エルナに呪い殺されていたということ？」

マージョリーの自問に答えたのは、また声だった。

――やはり覚えていたのだな、死に戻る前のことを。……いいや。そなたを殺したのはギードだ。放っておけばあの女の呪いによってそなたは殺されてしまっていたからな。ギードはその前に禁術を使わなければならなかった。禁術には、贄が必要だから。

「禁術？　贄って？」

――時を戻す魔導術だ。時間を戻すことは容易ではない。世の理に反することだからだ。だから理を違えるために代償を必要とする。それが、術者の最愛の者の命だ。

マージョリーは息を呑んだ。

（……時間を戻したのは、やはりギードだったのね）

なんとなくそうなのだろうと思っていたが、確証はなかったし、マージョリーは彼が時を戻した理由が分からなかった。それは同時に、自分を殺したギードがなぜまた自分に言い寄ってくるのか、という疑問にも繋がる。

殺すほど厭っていたのなら、せっかく時間を巻き戻したのだから、関わり合わなければいいはずだ。それなのに、ギードはマージョリーに会いに来た。そしてまた妻になってほしいと言ったのだ。

「……時間を戻すためには、代償として最愛の者の命が必要……」

――そう。ギードにとって、それはそなただ。あれはそなたが呪いによって死にかけているのを知り、時間を戻してそなたを救おうとした。

「――なんてこと」

マージョリーは掠れた声で呟いた。

本当に、なんてことだろう。

死にゆく最愛の人を救うために、自らの手でその人を殺さなければいけなかったなんて。

自分だったらできただろうか。ギードを救うために、彼をこの手で殺すことを想像し、マージョリーは唇を噛む。きっと怖かっただろう。苦しかっただろう。とてつもない罪悪感に圧し潰されそうになるに違いない。

だが、それでもギードは成し遂げてくれた。

『……いいえ、やはり、許さなくともいい。どうか、死んでください。……僕のために』

「……ああ、ギード……」

一度目の最期の時の記憶に、マージョリーはその場に崩れ落ちる。

辛さも苦しさも全て自分が引き受けて、彼はマージョリーを殺したのだ。

もう一度、二人で生きるために。

彼からの愛に心臓が軋んだ。そして、彼への愛で涙が溢れる。

どうして愛してくれと手を伸ばすギードを拒んでしまったのだろう。どうして彼の愛を疑ったのだろう。

いつだって、ギードは全身全霊で愛してくれていたのに。

「ギードに会わなくちゃ……！」

会って、彼を抱き締めて、愛を告げるのだ。

キッと顔を上げたマージョリーに、声が安堵したように笑った。

——それでいい。翼は二つなければ飛べぬからな。

「翼……」

——あれとそなたは、一対の翼だ。片翼では鳥は飛べない。

声の台詞に、苦笑が込み上げる。

散々振り回された言葉だ。『片翼』だなんて、よく考えれば単なる言葉でしかないのに。

（エルナのせいだけじゃないわ。きっと私自身の問題でもあった。敗戦国の王女だから、自信がないから、そんな理由で自分に卑屈さを許してしまっていたのよ）

「翼でもなんでもいいわ。ギードと一緒に生きられるなら、それで」

マージョリーの答えに、声が小さく笑ったような気がした。

——さあ、もう十分休んだはずだ。そろそろ我との夢もおしまいだ。目を覚まして、あれの暴走を止めてやれ。

「暴走？」

驚いて眉根を寄せると、声がやれやれといったようにため息をつく。

——あれはそなたを失えば我を失い世界を滅ぼす。一度ならず二度までも同じ失敗を犯そうとするなど、まったく愚かにもほどがある……。

「せ、世界を滅ぼすですって？　どういうこと⁉」

——見れば分かる。急げ。

その台詞を最後に、声は聞こえなくなり、白い空間がもろもろと崩れだした。

夢から覚める前兆なのだろう。

視界がぼんやりと翳りだす中、マージョリーは慌てて声を張り上げる。

「いろいろ教えてくれてありがとう！　あなたと話せて嬉しかったわ、まるちゃん！」

マージョリーの叫び声に、笑みを含んだ声が聞こえた気がした。

——我もだ。我が名付けの主よ。


夢から覚め、マージョリーはカッと目を見開いた。

目に飛び込んできたのは、真っ暗な空だ。時折ゴロゴロという轟音と共に稲光がその闇を裂いている。轟音は雷だけではない。嵐のような風音で耳が痛いほどだ。

おどろおどろしい空の景色は、まるで建国史にある「終焉の日」のようだ。人の愚かさに呆れ見放した神が全てを混沌へと戻した。世界は闇に包まれ、空は嵐が吹き荒び、大地は洪水に襲われて、生きとし生けるもの全てが死に絶えたのだという。

世界崩壊——まさにその図が目の前にあった。

(ギードはどこ!?)

周囲に視線を巡らせたところで、マージョリーは自分が空中に浮いていることに気がついた。目に見えない繭のようなものが周囲に纏わりついて、守ってくれているのだ。その証拠に、ものすごい嵐であるにもかかわらず、マージョリーの周囲だけは無風なのだ。

繭の波動から、マージョリーはすぐに正体が分かった。

「これは……まるちゃんね?」

訊ねると、繭が微かに震えてくれる。肯定しているのだろう。

「私を守らなくてもいいわ。もう大丈夫だから。それよりもギードの所へ行かなくちゃ」

マージョリーの言葉に、まるちゃんはすぐに反応してくれた。

しゅ、と微かな音を立てて繭が消え、黒い靄が湧いて出たかと思うと、一瞬で黒い馬のような姿を取った。その背中に跨がるようにすると、マージョリーは頼んだ。

「ギードの所に連れて行って」

まるちゃんは「心得た」と言うように頭部を揺らすと、力強く跳躍し空を駆けた。


まるちゃんが降り立ったのは、瓦礫の山と化した建物の上だ。それはエルナと待ち合わせたあの泉の神殿だった。天井は崩落し、中が丸見えになっている。だがそれよりも恐ろしいのは、赤い目を光らせたギードが立っていたことだ。

白皙の面には青筋が立ち、真紅の目は炯々と光っていて、その周囲では黒い炎がごうごうと音を立てて燃え盛っている。どう見ても魔王様なのに、その象徴たる角がない。おそらくまるちゃんが分離しているからだ。

彼のすぐ傍に、宙づりにされている女性の姿があった。

エルナだ。魔導術で拘束されているのだろう。何も見えないけれど、首を掴まれたような状態で、とても苦しそうな表情だった。

「ずいぶんと手間を取らせてくれた」

傲然としたその口調は、冷えた真冬の空気のようだった。

言葉だけで周囲を全て凍らせるのではないかと思うほどだ。

(ギード、ものすごく怒っているわ……)

怒りを向けられているのが自分ではないと分かっていても、四肢が戦慄いてしまう。

絶対的強者を前にすると、本能が怯えるのかもしれない。

「目くらましの媒介を重ねるのは、時間稼ぎとしては良い方法だ。だが、私を相手にするにはもう少し数が必要だったな」

ギードの言葉に、それまで押し黙っていたエルナが堪りかねたように叫んだ。

「なぜ、あの女なのです!?　魔力もほとんど持たず、魔導術を一切使えない、なんの役にも立たない！　あなたに相応しいわけがない！　あなたは生まれた時から魔王になる運命の人だった！　ずっとそう信じていたから、私はあなたについてきた！　いつかあなたの隣に立てるのを夢見て！　努力してきたのです、魔導術も、剣術も、学問も！　それなのに、あなたはあの無価値な小娘を選んだ！」

悲痛な叫びに、けれどギードは無情だった。

「お前と与太話(よたばなし)をする気分ではない。私の妃に手をかけた罪を償え」

冷たく言い放つと、ギードが指をクイッと動かした。

「うぐぅうう！」

首を絞めている力が強まったのか、エルナが泡を吹き始めたので、マージョリーは焦って飛び出した。

「ギード！」

マージョリーの声に、ギードがビクッと身体を揺らし、勢い良くこちらを振り向いた。

「マージョリー！　なぜここへ！」

おそらくまるちゃんに命じて、マージョリーを安全な場所へ移動させていたのだろう。まるちゃんに怒りを向けそうになったので、マージョリーは慌てて彼の胸にしがみついた。

「まるちゃんに私が頼んだの！　怒らないで！」

強い口調で主張すると、ギードはググ……と喉を鳴らしたものの、それ以上は文句を言わず、パチンと指を鳴らした。するとマージョリーの隣に立っていたまるちゃんが黒い靄になってギードに吸収されていき、ギードの頭部に角が戻る。

何度見ても奇妙な光景だったが、今はそれどころではない。

「ギード、ダメよ。エルナを殺してはダメ」

必死に縋ったが、ギードは首を縦には振らなかった。

「たとえ君の頼みでも、それは聞けません」

取り付く島もないギードに、マージョリーは焦った。思えばギードはずっとマージョリーに譲ってくれていた。マージョリーの意見を聞き、マージョリーのやりたいようにやらせてくれた。こんなふうに頑なに意見を拒まれたのは初めてだった。

どう説得しよう、と思案していると、宙づりにされたエルナが叫びだした。

「あな、たは……魔王になる偉大な存在です！　そのあなたを惑わす矮小な虫けらを、私が始末して差し上げようとしただけのこと。なぜなのです!?　あの女の何があなたにそこまでさせるのですか！　私の方がよほど……！」

呻くエルナに、ギードはこれみよがしなため息をついた。

「お前の方が、なんだって？　私にとって意味がある存在は、マージョリーただ一人。彼女がいなければ生きている意味などないし、彼女がいるからこそ私は生きている。彼女こそ、私の魂の片割れだ」

ギードの言葉に、マージョリーは胸の中が熱くなった。

ずっとギードの『片翼』になりたいと思っていた。

ギードは『片翼』という言葉を使わなかったが、言っている内容はマージョリーの求めた『片翼』そのものだ。

（……どうして言葉に惑わされてしまったのかしら。ギードはずっと、私に愛を示してくれていたのに）

ずっとずっと、愛してくれていたのだ。

マージョリーはそれに応えるだけで良かったのに。

彼への想いで涙が込み上げた時、ギードの手から光が出ていることに気づいた。

(――あっ……！)

エルナを殺すつもりだ、と思った。

「ギード、ダメェッ！」

身体が勝手に動いていた。咄嗟に飛び出してギードの腕にしがみつくと、ギードはギョッとした顔になった。

「マージョリー！　危ない！」

ギードの手の光がシュンッと消えたのを確認してホッと胸を撫で下ろし、マージョリーはギードに向き直る。

「殺してはダメよ！」

するとギードは呆気に取られた顔になった。

「君は何を言ってるんです？　この女は、一度ならず二度までも君の命を狙ったのですよ？」

「それでも、ダメ！」

頑(がん)として言い張ると、ギードはがっくりと肩を落とす。

「あり得ない……自分を殺そうとした者を許すなんて」

「許すわけではないわ。許せるはずないでしょう？　私は聖人ではないもの」

マージョリーはきっぱりと否定し、宙づりになっているエルナを見上げる。

こちらの視線に気づいたエルナが憎悪の眼差しを向けてきたけれど、マージョリーは目を逸らさず睨み返す。もう怯んでなどやるものか。その憎悪を受けて立つ気持ちで、彼女を睨んだまま言った。

「この人はあなたを神のように崇拝している。あなたが殺せば、ご褒美を与えるようなものなの。彼女はあなたに殺してほしいはずだから」

マージョリーの言葉を聞いたエルナが悔しげに顔を歪める。その表情で、マージョリーは自分の推測が正しいことを確信した。

これまでのエルナの行動を振り返った時に、不可解な点があったのだ。

一度目の時にはギードが魔導術に長けていなかったため、マージョリーを呪っても気づかれないだろうと高をくくっていても不思議ではないが、彼が魔王になった今世で気づかれないわけがない。

そして更には気づいたギードがその怒りを犯人に向けるだろうことは誰が考えても分かる話だ。

それでもなお呪いをかけたということは、気づかれることを前提にしているとしか思えない。

「エルナはあなたに殺されるために、私に呪いをかけたのよ」

これがマージョリーの推測だ。

きっとエルナは、ギードの愛を手に入れることはできないと諦めていたのだろう。

だったらせめて、彼の手にかかって死にたいと考えたのではないか。

愛情が深く執拗だというレーデ人らしい発想だと思うけれど、マージョリーには理解しがたい。マージョリーの場合、恋愛が上手く行かなくとも、王女としてモランの民のために生きていける。守るべきものはなにも恋愛相手だけではないし、生き甲斐というものは恋愛におけるものだけが全てではないはずだ。

（ギードの幸せのためなら身を引いて死んでもいいと思ったこともあったけれど、あれは境遇が酷かったからだし……）

ギードの庇護がなくなれば嬲り殺しにされてしまうような状況だったので、それくらいなら死んだ方がマシだと思ったのだ。

とはいえ、価値観は人それぞれだ。マージョリーとてエルナに自分の価値観を押し付けるつもりはない。

ならばなぜギードを止めるのか。それは単に、嫌がらせだ。

「彼女の望み通りにしてやるのはとっても癪（しゃく）だもの。私は殺されかけたのよ？　それくらいの意地悪はしてもいいはずだわ」

鼻息荒く言い切ってやると、エルナが獣のような唸り声を上げた。その目には怒りのあまり涙まで浮かんでいる。

その憤怒の形相に少し溜飲が下ったマージョリーは、彼女から目を逸らしてギードに向き直る。

「だから、絶対にあなたがエルナを殺しちゃダメよ。あなたが殺していいのは、私だけなの」

念を押すように言うと、ギードは少し呆けた顔をしていた。なぜそんな顔を、と疑問に思った次の瞬間、うっかりと口を滑らせていることに気づいた。

（あっ、一度目の記憶があるのは内緒にしていたんだったわ……！）

バレないようにとあれほど気をつけていたのに、エルナの件ですっかり頭から抜けてしまっていた。

「ええと、実はずっと一度目の記憶があったの。騙していてごめんなさい……」

ここは素直に謝るべきだ。

マージョリーの謝罪に、ギードは両手をわなわなとさせる。

これは怒られるだろうか、と肝を冷やした時、ガバッと抱き寄せられた。

「ひぇっ」

「……ああ、マージョリー、どうか許して。僕は君を殺したくなんてなかった！　でも死にゆく君を、あのまま逝かせるわけにはいかなかったのです……！」

切羽詰まった震える声で説明を始めるギードに、マージョリーは慌てて腕を回してその背中を撫でる。すると背中まで小刻みに震えていて、彼がずっと怯えていたのだと分かって胸が痛んだ。

（私を殺した罪悪感にずっと苛まれていたのね……）

脳裏に「人を傷つけるくらいなら、自分がばかにされていた方がいい」と笑うギードの顔が浮かぶ。それはギードの本質を物語っている。臆病で愚かなまでに優しい――それがギードという人なのだ。

優しすぎる人だったからこそ、マージョリーをその手で殺したことで、きっと彼のどこかが壊れてしまったのだろう。

魔王になった彼の偏った思考――マージョリーを至上とし、それ以外はどうでもいいかのような言動は、そのせいなのかもしれない。

「ギード、大丈夫。私は全てを知っているから。エルナに呪い殺されかけていた私を救うために、禁術を使ってくれたのでしょう？　怖かったわよね。殺させてしまってごめんなさい」

あの臆病なギードが、マージョリーを手にかけるのには相当な勇気が要ったはず。

　そう思うと自分を抱き締めて震えるこの大きな人が可哀想で……愛しくて堪らなくなった。

　マージョリーの言葉に、ギードが声を詰まらせる微かな音が聞こえる。泣いているのだ。

（……あの頃のギードだわ）

　マージョリーは無性に泣きたくなった。マージョリーのために、彼は魔王になった。なりたくてなったわけではない。人を傷つけることにあれほど怯えていた人が、魔王になることを望むはずがないのだ。

　魔王になって壊れてしまったギードは、おそらく多くの人を傷つけている。

　その証拠が今のレーデだ。かつてのレーデは「力こそ全て」という価値観だった。王位継承者は生まれた順番ではなく、その強さによって決められる国だったのだ。

　その国で王となったということは、ギードは全てのきょうだいたちを殺したということだ。

　それだけではない。マージョリーの見る限り、一度目の時に敵意を向けてきた者は、今生で一人も見ていない。ほとんどが初めて会う人ばかりだったのだ。

（きっと、私をレーデに迎え入れるために、一度目の時に敵意を向けてきた人たちを全て殺してしまったのでしょうね）

　――ただひたすらに、マージョリーと再び幸せに暮らすために。

優しかったギードが、簡単に人を殺してしまうほど壊れてしまった事実が悲しかった。

(……そうだとしても、私はあなたを愛するわ)

マージョリーは心の中で誓う。

自分を救うために壊れてしまった彼を、一生をかけて愛し続けよう。彼の全てを受け止めるのだ。

(もしかしたら、次の人生でもまた……)

ギードのことだから、きっと来世でも追いかけてくるかもしれない。

けれど自分はきっと、もう一度ギードと恋をするのだろう。すったもんだしながら、また彼を愛して生きていくに違いない。

そんな空想をしながら、マージョリーは両手でギードの頬を摑んで額と額を合わせた。

ギードはやっぱり泣いていて、涙に濡れた赤い目をぱちくりとさせてこちらを見ている。

その表情が可愛くて、つい声を出して笑ってしまった。

「……どうして笑っているのですか？」

「あなたが可愛いからよ」

マージョリーが笑いながら答えると、ギードは不思議そうに首を捻っていたが、やがてつられるように笑った。

ようやく見られたギードの穏やかな笑みにホッとして、マージョリーは彼の顔を摑んだまま静かに息をはいた。

　今から彼に言うことは、理に適っていないと分かっている。

　それでも、彼の全てを自分が引き受けると覚悟を決めたのだから、言わなくてはならない。

「愛しているわ、ギード。あなたが私を殺したのは、私を愛しているからよね？」

　マージョリーの問いに、ギードはハッとした表情になった。

「ええ。その通りです」

「だったら、私以外の人を殺してはいけないの。分かるわね？」

「――――」

　ギードが言葉を失う。それはそうだろう。どう考えてもこれは屁理屈だ。

　けれどマージョリーはこれ以上ギードに人を殺してほしくなかった。臆病で優しかった彼に戻ってほしいとは思っていない。弱虫のギードも、魔王のギードも愛すつもりだし、愛している。

　しかし、それと彼が人を殺そうとしているのを黙って見ていることとは違う。

　マージョリーは彼が魔王らしい――残虐で人の道に悖る行為をしようとするなら、全力でそれを止めるつもりだ。

（私があなたを、安らぎと癒やしの人生に導いてあげる）

これまで想像を絶する苦難の道を歩き、魔王にまでなってしまった最愛の人に、平和で穏やかな幸福を与えてあげたかった。マージョリーにとって、それが二人で幸福になるということなのだ。

（どうか、頷いて……）

今ここでギードが否と言えば、この先マージョリーがギードを導くことは難しい。この先の自分たちを暗示するような問答だなと思いながら、祈るようにして彼の赤い瞳を見つめていると、やがてギードがこくりと頷いた。

「……君が、そう望むなら」

その答えに、マージョリーは泣き出したい気持ちになる。

「……ええ。私はそう望むわ。ありがとう、ギード」

（大丈夫。私たちは、幸せになれるわ）

万感の想いを込めて微笑むマージョリーに、ギードは「ただし」と付け加えた。

「牢には入れます。野放しにはできない」

「……ええ、それでいいわ」

殺さないでいてくれるのなら、ひとまずは譲歩しよう。マージョリーが頷くと、ギードは微笑んで、空中に吊り上げていたエルナを解放した。

ドッと音を立ててエルナの身体が崩れ落ちる。

「妃の温情に感謝せよ」

ギードが言うと、エルナが首だけを動かしてこちらを睨み上げてきた。

その表情から、反省の色がないのは分かったが、マージョリーは自分の判断を後悔はしなかった。

（……ギードの人生に、これ以上あなたの爪痕を遺させたりはしないわ）

ギードが自分を守ってくれたように、自分もまたギードの人生と幸福を守るのだ。

固く決意すると、マージョリーはかつての友に背を向けたのだった。

終章　初夜は二度目ですが

抜けるような青空が広がる秋の日に、ギードとマージョリーの結婚式は行われた。

モランとは違い、レーデでは王族の結婚式は祖霊廟のある王宮で行われる。

神に愛を誓うのではなく、祖霊となった王家の祖先に結婚の報告をするのである。

レーデの正装をしたギードは、息を呑むほど素敵だった。

漆黒に染められた絹を使用した伝統的な衣装は、昔マージョリーが絵本で見た魔王の格好によく似ている。艶やかな黒髪を撫でつけ、その麗しの美貌を露わにしているせいか、普段よりも数倍格好よく見える。

対するマージョリーは、モラン式の純白のドレスだ。

国王夫妻の結婚式なのだから、花嫁もレーデの伝統的な衣装を身に着けた方がいいのでは、とマージョリーは言ったのだが、ギードがドレス姿を見たいと言って聞かなかったのだ。

『モランの衣装は賞賛に値する。刺繍一つとっても繊細な技術が駆使されているのですから。その素晴らしい技術を見せつけるためにも、是非モランのドレスを着てほしいのです』

二国間の国交のためにも、と言われれば、マージョリーに否やはない。

せっかくの結婚式がちぐはぐな感じになってしまうのでは、と危惧していたけれど、並んでみると意外と似合っていて、周囲からも褒められたのでホッとした。

ちなみに、モランでの成婚式は一年後だ。それは「モラン王族は、国立大神殿で大司祭を証人とした婚約の誓いをしてから一年経たないと成婚式を挙げられない」という決まりに従った結果だ。モランで成婚できる時期を待たずに、一年も先にレーデで成婚させてしまう――前例のない異常な事態に、さすがに父王が文句を言うのではとマージョリーは危惧したが、なんと今回も父王はニコニコと承諾した。

（……いくらなんでも、これはやっぱりおかしいわ）

これまでも「もしや」と疑ってはいたが、いよいよ疑惑の色が濃くなってきた。このままにはしておけぬ、と思い切って「父を洗脳しているのではないか」とギードに尋ねたところ、彼は素直にこれを認めた。

『洗脳というほどではありません。ただ、僕の言うことに異を唱えないという暗示をかけているだけです』

『それを洗脳と言うのです！』

『ですが……舅殿に反対されれば、あなたの祖国を侵略するしかなくなりますし……』

それは避けたかったのだ、とシュンとされて、マージョリーは思わず許してしまいそうになったが、いやいやいや、そうではない。ここはキチンと教育しておかねば、と「人を洗脳してはいけません！」と叱りつけ、父王にかけた魔導術も解いてもらった。

ちなみにだが、父王には洗脳されていた間の記憶もしっかり残っていた。そのため「あの時私はなぜあんなことを……!?」と過去の自分の行動に疑問を抱きつつも、上手く行っているレーデとの外交を今更台無しにするわけもいかず、結局娘の結婚を許すしかなかったようである。

祖霊廟での報告の儀式が終わり、次は国民へのお披露目だ。

城のバルコニーに結婚式の衣装を着た二人が立つと、ワッと歓声が上がる。城下には、二人を一目見ようと詰めかけた国民がひしめくようにしてこちらを見上げていた。

ギードと手を繋ぎ彼らに向かって笑顔で手を振れば、歓声は更に大きくなった。

「魔王様、万歳！」

「王妃様、万歳！」

長い歴史上初めて異国からの花嫁を迎え、レーデは国を挙げて歓迎している。

（……一度目とは正反対だわ）

蔑み疎まれた一度目の結婚を、マージョリーはどこか懐かしい気持ちで振り返る。今から思えば本当に酷い人生だった。凄惨な状況の中、些細な幸せに縋ってかろうじて息をしているようなものだった。

（でも、あの経験があったからこそ、今の幸せがあるのよね……）

マージョリーが死に、ギードが時を戻してくれたから、またやり直すことができた。それはとても幸運なことだ。

（戦争を回避し、レーデとモランの二国が友好関係を築き上げられたのは、ギードの功績だわ）

多くの民の命を喪わずに済んで、本当に良かった。

これからレーデはもっと豊かになり、モランもまた、魔導学という新たな分野の知識を取り入れて文化を成熟させていくのだろう。

そしてなにより、自分たちがまた結ばれることができた。

誤解や行き違いはあったけれど、こうして二人でここに立っていられる現実は、幸福以外の何物でもない。

「マージョリー」

愛しい夫が、甘い声で自分の名前を呼び、美しい顔を寄せてくる。

ワッと民衆が沸いた。新郎新婦のキスが見られる、と期待しているのだろう。

少し恥ずかしいと思ったけれど、今日は結婚式だ。

多少は羽目を外しても許されるだろう。

そう思い、マージョリーは瞼を閉じたのだった。

＊＊＊

蒸気の立ち込める湯殿で、ギードはゆったりと湯に浸かりながらため息をついた。

今夜は待望の――いや、切望の初夜である。

愛してやまない新妻マージョリーを抱いたのは、正確に言えば初めてではない。一度目の人生でも彼女は自分の妻だったのだから。

（だが、あの時も一度切りの共寝だった……）

一度目の人生で、二人の結婚は望んだものではなかった。

ギードは生涯独り身で生きていくつもりだったし、マージョリーに至っては敗戦国の王女であったため、ほぼ奴隷扱いでこの国に嫁いできたのだから。

父王から「お前の結婚相手が決まった」と言われた時、そうか、とだけ思った。

だが最初に見たマージョリーの姿に、ギードの静かだった内側が揺れたのだ。

可愛らしいな、というのが第一印象だ。藍色の大きな瞳が夏の夜空のようできれいだなと思ったのを覚えている。小さな顔は蒼白で、今にも倒れるのではないかと心配になるほどだったが、彼女は唇を引き結び背筋を伸ばして、最後まで一人で立ち続けた。その表情から、ギードは彼女がどんな覚悟でここにいるのかを察した。

　真っ青な顔色、小刻みに震える指先、引き攣った表情――どれも彼女が怯え切っていることを示すものだ。

（……そうだろうな。敗戦国の王女だ）

　レーデは、モラン王家の血を引く唯一の嗣子である王女をレーデに嫁がせることを、降伏条件とした。これで王女に付随するモランの王位継承権を、強奪ではない形でレーデに持ってくることができる。レーデがモランを支配する大義名分が立つというわけだ。無論レーデの狙いはモランだけでは終わらず、南の大陸全土の掌握であったから、モランの周辺諸国を黙らせるためにも必要なことだったのだろう。

　とはいえ、魔導術を使えない者を蔑視するレーデという国において、この敗戦国の王女がいかに弱者となるかは誰が見ても明らかだ。

　彼女自身がそれを理解しているのは、その怯え方を見れば分かった。

『なぜ、逃げなかったのですか？』

　なんとなく、ギードは訊ねてみた。ギードであれば、多分逃げる。祖国は半壊させられ、彼女の父親は国のために、娘に全ての責任を負わせて捨てたも同然だ。この国に来ても、彼女には山のような損こそあれ、得など何一つないだろうに。戦争を仕掛けた側の台詞ではないが、敗戦の責任を彼女が背負う必要はない。逃げれば良かったのだ。

なのに彼女は、微笑んだ。酷く歪で、気丈な笑みだった。

『考えたこともありませんわ。私は、モランの王女ですから』

ギードは驚いた。モランの王女だからなんだと言うのか。自分はレーデの王子だが、彼女と同じ状況に置かれれば全てを捨てて逃げる。おかしな王女だ、と思うと同時に、彼女に強烈に惹きつけられた。その気持ちがなんであるのか、その時はまだ理解していなかった。

先代のレーデ王——すなわちギードの父は、「下賤な民の娘に、このレーデ王家の子どもを産ませるのはもったいない」と言って、マージョリーの初夜に花婿である自分ではなく、どこの者とも知れぬ男どもを宛てがった。それを知ったギードは無性に嫌な気持ちになった。なぜこんな気持ちになるのか分からずに、それでも彼女の気配を探して駆け付けた時には、マージョリーは裸に剝かれ、男たちに数人かがりで押さえ付けられているところだった。

涙でぐしゃぐしゃになったマージョリーの顔を見た瞬間、頭が真っ白になった。

気がつけば魔力が暴発し、男どもを吹っ飛ばしていた。男たちの身体は潰されてへしゃげていて殺してしまったのが分かったが、怯えたマージョリーをこれ以上怖がらせたくなくて、彼女をかき抱いてその場を去った。思えば、誰かの気持ちを慮ったのは、あれが初めてだったかもしれない。

そうして、すぐに彼女を自分の離宮に閉じ込めた。

誰からも傷つけられることのないように。誰にも触らせないように。

どうしてこんなにもこの少女に心を揺さぶられるのかは分からなかったが、ギードは彼女を大事にしたいと思った。初めて自分の胸の内の湖面を揺らした存在を、とても新鮮に感じたし、なにより彼女が笑うと自分の顔も自然と綻ぶからだ。

（――これが、笑うということか）

それまでギードは笑ったことがなかった。面白いと思うことも、楽しいと思うことも、嬉しいと思うことも、一度も経験したことがなかったからだ。

（だがマージョリーが笑うと、私も嬉しい……）

不思議だった。彼女の感情が、自分の中にも入り込んでくるのだろうか。だが、なぜ彼女だけ？　マージョリーといると、全てのことが不思議で楽しくて、飽きることがなかった。彼女をずっと観察していたいと思った。

食事に毒を盛られ、彼女が死にかけた時には、自分も死にたいと思った。彼女が死んだら、この世に意味はないと思った。その時、彼女は自分の魂の半分なのだと理解した。

（そうか。私は彼女のために生まれた。そして彼女は私のために生まれた。だから彼女が特別なのだ）

膨大な力だけを有し、心を持たなかったギードに、心を教えて与えてくれたのがマージョリーだったのだ。

その唯一無二の存在と、ようやく結ばれる。

（あの愚かなエルナは、『白の牢獄』に放り込んでおいたから、いずれは精神が崩壊して死ぬだろう）

『白の牢獄』とは、その名の通り、何もない広いだけの牢獄である。魔導術も使えない造りになっているので、囚人は四角い箱のような空間で、誰にも会えず、何も見ることもできないまま、ただ白い空間に居続けることになる。そしてその牢獄で囚人は拷問を受ける夢を見続けるのだ。手足を馬に牽かせて四肢を千切れさせたり、蛆やミミズの詰まった樽の中に放り込まれたり、全身に針を刺されたりする夢だ。

無論その夢は魔導術によるもので、夢とはいえ、五感は現実に起こったことのように反応する。『白の牢獄』は、肉体ではなく、精神にかける拷問なのだ。

本来ならば肉体も同じようにしてやりたいところだが、可愛いマージョリーが「私以外の人を殺してはいけない」と言うのだから仕方ない。多分、自分に人を殺させたくないから言っているのだろう。マージョリーは一度目の人生で、戦争によって祖国が崩壊する様を目の当たりにしているため、人命が損なわれることを極端に恐れているようなところがある。レーデを掌握するために既に数えきれない人数をこの手で屠ってきたギードにとって、なんともむず痒いような価値観ではあるが、それでもそこに彼女の優しさだけではなく、自分に対する独占欲のようなものも確かに感じるから、彼女の言う通りしようと思った。

要するに、ギードはマージョリーが自分の傍にいて、幸せでいてくれればそれでいいのだから。

（まったく。殺された上に、騙されたというのに……。あれほど優しくて生きていけるのだろうか……）

エルナは一度目の人生で、『片翼』だとかいうものをでっちあげ、マージョリーに信じ込ませていた。なんでも、『片翼』とは魔力の相性によって決定される絶対的な伴侶であるため、魔力を持たないマージョリーは『片翼』にはなれないと教えたそうだ。

可哀想なマージョリーは、いつか現れるギードの『片翼』に妻の座を奪われることに怯えていたのだ。

そして一度目にギードが彼女を殺したのも、『片翼』が見つかったからなのでは、と邪推すらしていた。

（そんなこと、あるはずがないのに！）

エルナの件が済んだ後、マージョリーから一度目の記憶があることを教えられた。

実はマージョリーが一度目の記憶を持っていたことにも驚いたが、それ以上に驚愕するような事実ばかりを聞かされ、またエルナに対する怒りを募らせたのは言うまでもない。

(牢に入れるだけで済ませるはずもない)

あの者には、死んだ方がマシだと思うほどの苦痛を味わってもらわねば。

——ともあれ、これでマージョリーを害そうとする者は全て取り払った。

(今度こそ、二人で幸せになろう、マージョリー)

最愛の花嫁の笑顔を思い浮かべて、ギードは浴槽から出たのだった。


ギードが寝室のドアを開くと、そこには美しい彼の花嫁がいた。

光沢のある白い夜着を着て、天蓋付きの大きなベッドの上にちょこんと座っている。

夜着は初夜仕様だからか、遠目から見てもとても薄く、彼女の身体の線を露わにしていて、艶のある金の髪は、華奢なデコルテに梳き下ろされて月光のように煌めいている。それが彼女をどこか浮世離れした存在に見せていた。

無垢さと妖艶さ——両極端な魅力を併せ持った彼女は、まるで生まれたばかりの美の女神のようだ。

こんなにもきれいな存在を、ギードは他に知らない。

「マージョリー」

名前を呼ぶと、藍色の大きな目がこちらを見上げる。

（……ああ、また上目遣いを……）

ぎゅん、と胸が音を立てるのを聞きながら、ギードは彼女の傍へゆっくりと歩み寄る。

彼女は自分の瞳の威力を分かっていない。この夜空のような藍色は、普段は理知的な光を浮かべているのに、上目遣いになると途端にどこか拗ねたような、それでいてこちらの庇護欲を刺激するような、なんとも言えない煽情的な色になるのだ。こんな目で見つめられたら、どんな人間だって彼女の言いなりになってしまうだろう。

「ギード」

ギードが傍に寄ると、マージョリーは両手を広げて迎え入れてくれた。

細い腕が首に巻き付き、爽やかなラベンダーの香りがした。マージョリーの匂いだ。

華奢な身体を抱き寄せながら、隣に座った。

彼女の方から抱き着いてくれたことが嬉しくて、頬が自然に緩む。

「ふふ、なんだか不思議ね」

自分の首に顔を埋めたまま、マージョリーが笑みを含んだ声で言う。

「何がです？」

「だって、私たち、二度目の初夜よ」

「ああ……」

一度目の人生を入れれば、確かに二度目になる。

「普通はないことだもの！　不思議だし、おかしいわ」

「そうですか？」

「そうよ！」

それがおかしいことなのかはよく分からなかったが、マージョリーがそう言うのだからそうなのだろう。

クスクスと笑い続ける彼女もまた可愛くて、ギードは金の髪を掻き分けると、露わになった項にキスを落とす。

するとマージョリーは驚いたようにパッと顔を上げたが、ギードと顔を見合わせると、ちょっと照れくさそうに唇をすぼめる。

「……二度目だけど、やっぱり初夜よ。初めてだから……あの、優しくしてね？」

ずん、と心臓に何かを打ち込まれるような衝撃を受ける。

妻が可愛すぎて、初夜を完遂する前に死んでしまいそうだ。

ギードはややもすれば迸りそうになる己の愛欲を懸命に抑えながら、理性の力を総動員してギギギ……と頷いた。

「……………善処する」

「ふふ、ありがとう。どうぞ、お手柔らかに」

お手柔らかに、できるかどうか自信がない。

が、それは口には出さず、ギードはさくらんぼのような可憐な唇にキスをした。

マージョリーは素直にそれを受け入れて、口を薄く開いてさえくれた。

二度目の人生が始まってから、これほどマージョリーが積極的だったことはなく、それだけでギードの頭の中が沸騰しそうになる。

(ダメだ。善処すると言ったばかりなのに……！)

ここはゆっくりと慎重に事を進めなければ。

心の中で自戒しつつ、ゆっくりと柔らかな唇を堪能する。

舌を差し入れると、歓迎するように彼女の舌が絡みついてきた。

(……ッ、クソ)

嬉しくて興奮が高まり、己の一物がグンと元気になってしまう。

初夜という状況だけで、この部屋に入った時から既に半勃ちだったのに、半分透けた下着を着ただけの最愛の女性を抱き締めてキスをしているのだ、勃起しない男がいるだろうか。

完全に勃ち上がっているのに、これ以上強い刺激がくれば我慢が利かなくなってしまいそうだ。

唇を擦り合わせながら、彼女を自分の膝の上に抱き上げる。

柔らかな太腿の感触に、ゴクリと唾を呑んだ。その柔らかさを直に感じたくて、ギードはネグリジェの裾から手を差し込む。

「んっ……!?」

感じやすい内腿に触れられて、マージョリーが驚いてキスの合間に呻いた。

ギードは唇を外し、そっと囁くように謝る。

「……すまない。待てなかった」

彼女の願い通り慎重に進めたいのに、どうにも気が逸っていけない。

呆れられるだろうかと思ったが、マージョリーはフフッと笑った。

いたずらっ子のようなその表情に、また心臓がずくんと軋んだ。可愛い。

「……嬉しいわ。私も、あなたにこうして触れたかったの」

秘密を打ち明けるようにそう言って、マージョリーは小さな手でギードの胸に触れる。

「あなたの身体は、私の身体とは違う。逞しくて硬くて、そしてとても美しいわ」

小さな手が、ギードの身体の線を確かめるように撫で下りていく。

「っ、マージョリー」

その手が自分の一物にまで伸びそうになって、ギードは慌てて細い手首を摑んだ。まさか彼女がそれに触れてくれるとは思ってもいなくて、驚いてしまったのだ。

するとマージョリーは眉を下げてしょんぼりとした。

「あ、あの……嫌だった？　ごめんなさい……」

「嫌ではない！　です！」

嫌どころか、大歓迎だ。

「え……あの、じゃあ、触れても？」

なんだと。そんな奇跡が起きていいのか。

これは夢なのではないかと自分に問いながら、ギードは目を見開いたまま無言で頷き、指を鳴らして自分の服を消す。

マージョリーはパッと微笑み、いそいそと再びそこへ手を伸ばした。

え、本当にいいのか？　いいのか？

「……ッ」

きゅ、と竿を優しく摑まれて、息を呑む。

小さな手は柔らかかった。少し冷たく感じるのは、ギードのそれが滾り切っているせいだろう。

「まあ……なんだか、思ったよりも弾力があるのね……。それに、つるつるしているわ」

マージョリーが興味津々といった様子で、ギードの一物を撫でたり握ったりしている。

彼女の白い手と赤黒い自分の肉棒のコントラストが、やたらと卑猥だ。

「不思議だわ。きのこにそっくりな形なのに、血管が浮き出ていて強そうな感じ」

無邪気にえげつない解説をしながら、雁首を指でくるりと撫でてくるものだから、ギードは咄嗟に腹に力を込めなければいけなかった。

「っ……!」

「あら……なんだか先の方から……」

マージョリーが鈴口に浮き出た先走りに気づき、それを指で掬い取った。

細く美しい彼女の白い指の先に、己の欲望の滾りが付着している光景を見たギードは、自分の中でプツリと音がするのを聞いた。

無言で彼女をベッドへ押し倒すと、嫋(たお)やかな両脚をパカリと開いてその間に顔を埋める。

この間約二秒だ。

あまりに早い展開に、マージョリーはビックリした顔のまま硬直している。

うっすらと生えた金色の恥毛に鼻を埋めるようにして、滑らかな秘裂に舌を這わせた。

「ひ、ぁん!」

可愛らしい悲鳴が上がったが、ギードはそれどころではない。

ふっくらとした花弁を割り開き、その奥の甘い蜜筒へと指を埋め込ませる。みっちりと襞の詰まったそこは既に潤んでいて、侵入してきたギードの指を歓迎するように絡みついてきた。ここに突き入れた時の快感が容易に想像できて、ギードはまたゴクリと唾を呑んだ。

かき混ぜるように蜜壺の中で指を動かしながら、入口の上に生った小さな果実を舌先で転がす。

「あぁっ、あ、ぁあ……」

マージョリーがここを弄られるのが好きなことは、経験上知っている。彼女がもっと感じてくれるように、ギードは夢中になって秘密の果実を舐めしゃぶった。

貫通時の痛みは避けられないけれど、事前にできるだけ感じさせてあげれば、いくらか苦痛が軽減するのだと、本に書いてあった。

（感じてくれ。もっと、もっと……ああ、ぶち込んでしまいたい……！）

できるなら彼女に痛い思いはさせたくない。

できるなら今すぐ彼女の中に入り込みたい。

二つの相反する欲求がぶつかり合い、頭が爆発しそうになりながらも、ギードは必死で愛撫を続けた。

舌の先に感じる秘豆の感触が、こりこりと硬くなる。愛蜜は溢れてギードの手を伝ってシーツを濡らすほどになっていた。

「ああ、ギード、私、もうっ……」

マージョリーが切羽詰まった声を上げ、四肢に力が籠もっていく。

絶頂が近いのだ。

ギードは留めとばかりに、膨れ切って包皮から顔を覗かせる陰核に吸いついた。

「きゃうっ！」

仔犬のような声で啼いて、マージョリーがビクビクと身体を痙攣させる。

膣内に差し入れたままの指を食い絞める感触で、彼女が絶頂に達したのを確認すると、ギードはゆっくりとそれを引き抜いた。

己の指が愛蜜でテラテラと濡れているのを見て、ギードはそれを舐め取る。

体液が甘いわけがないのに、ほのかに甘味を感じるのが不思議だ。だがそれがマージョリーのものだからであることは間違いない。

「マージョリー、起きられますか？」

愉悦の名残にぼんやりとしている彼女の髪を梳きながら、ギードは訊ねた。

ゆっくりさせてあげたいのはやまやまなのだが、自分の方ももう限界だった。これ以上焦らされれば、今度こそ完全に理性を失って彼女を獣のように貪ってしまうだろう。

マージョリーの方もなんとなくそれを察しているのか、ギードの呼びかけにハッと目を開いた。

「え、ええ。もちろんよ」

そう言って身体を起こそうとするので、ギードはひょいと抱き上げて、ベッドに胡坐をかいた自分の上に跨がらせる。

「え……？　あ、あの、ギード？　この体勢は……？」

　情交には様々な体位があることを知らないのだろう。マージョリーがオロオロしながら首を傾げている。そしてギードの脚の間に聳(そび)え立つモノを見て、不安そうな表情になる。

「もしかして、このまま……？」

　純真ながらも察しがいいところはさすがだ。

　ギードは安心させるためにニコリと微笑みながら首肯した。

「そうです。この体勢はあなたのペースで挿入できるので、負担が少ないと思うのです」

「そ、そうなの……」

　説明してもマージョリーは不安げだったが、意を決したようにこちらを見てきた。

「分かりました。どうやるのですか？」

　その潔さにフッと笑いが漏れる。マージョリーはいつもそうだ。迷ったり葛藤したりはするけれど、一度覚悟を決めると行動が早い。そういうところは、並の男よりも肝が据わっている。

「何を笑っているの？」

「君が愛おしいと実感しているのです」

　心のままに返すと、マージョリーはパチパチと瞬きをした後、蕾が花開く時のような笑みを見せた。

「私も、あなたを愛しているわ」

その藍色の目には、ギードに対する愛情が溢れていた。

見つめ合ったのは数秒だ。どちらからともなく顔を寄せてキスになり、互いの身体を触り合う。マージョリーの腰を摑んで己のそれへと導くと、彼女は手でそれを摑んで自分の入口に宛てがった。

「あ……」

彼女の体重で、ぐぷりと亀頭が浅い場所まで入り込む。

それだけでも頭が焼き切れそうなほど気持ち好かったが、そのままでいられるわけもない。欲望に押し流されるようにして腰を揺すれば、それに合わせて柳腰も揺れた。

「あ、ああ、だ、だめ、無理よ……、あなたの、大きすぎるわ。入りそうにない」

一生懸命受け入れようとしてくれているのだが、途中までは入っているのに、未通の隘路は頑なにそれ以上の侵入を拒んでいる。

「大丈夫、一度目の時は入ったのですから」

「そうだけれど……、あの、私には無理だわ。お願い、あなたがやって」

「……ですが、それではまた痛い思いを……」

ギードは躊躇したが、マージョリーは「いいえ」と首を横に振った。

「初めてだもの。痛い思いはして当たり前なの。その痛みも私の大切な記憶になるわ。それよりも、ちゃんと夫婦になれない方が嫌よ」

「マージョリー……」

本当に、覚悟を決めた彼女は強い。

脳裏に「私は、モランの王女ですから」というマージョリーの声が蘇った。

真っ青な顔をしていたくせに、あの時も同じ目をしていた。

誰よりも気高く、強い人なのだ。

(そんな君だから、私は愛するのだ)

「愛しています、マージョリー」

繰り返し愛を告げると、マージョリーは呆れたように笑ってキスをくれた。

「もう、それは分かっているから。だから、お願い……」

「ええ、……では、いきますよ」

最愛の妻に請われて、否と言える夫がいるだろうか。

息を整えた後、腰を鋭く突き上げると、マージョリーが息を呑んでギードにしがみついてきた。

「……ッ」

ギード自身も、息を詰めていた。あまりの快感に、理性が吹き飛んでしまいそうだ。

入口であれほど侵入者を拒んでいた乙女の隘路は、ようやく観念したのか、今やギードの剛直を根元まで呑み込んでいる。

熱くて、蕩けていて、頭が焼き切れそうなほど気持ちが好い。

初めての雄を受け入れたばかりのせいか、媚肉がわなわなと震えているのがまた堪らない。このまま狂ったように腰を振ってしまいたいが、マージョリーの身体に負担をかけるわけにはいかない。

ゆっくりと息を吐きながら、細い背中をそっと撫でた。

「……大丈夫ですか、マージョリー」

訊ねてみたが、返事はない。ギードの首に絡みついた腕はまだガチガチに力が籠もっていて、緩む様子はなかった。

二度目とはいえ、破瓜は破瓜だ。痛い思いをさせてしまったのだろう。

それを申し訳なく思いながら、ギードは首筋に埋められた小さな頭を撫で、もう片方の手で彼女の身体を労わるように擦った。

(痛みを失くしてあげたいが……)

できない自分がもどかしい。

魔王である自分には、命を生み出すこと以外の大抵のことはできるのだが、どうしてか、破瓜の痛みは魔導術で軽減することができないのだ。

一度目の時もやってみたし、今も密かにやってみてはいるのだが、どうやら効いていてないようだ。

（……やはり私も魔導学を学び直す必要がありそうだな……）

膨大な魔力を持って生まれたがために、学ばなくても魔導術の本質を本能的に理解できていたギードは、それゆえ魔導学をおざなりにしてきた。無論、基本的なことは頭に入っているが、深くまで学んでいるかと言えばそうではない。

この先ギードとの子を産むかもしれないマージョリーのためにも、早急に始めなくてはならないだろう、と思っていると、首に絡んだマージョリーの腕から力が抜けた。

腕を回してその背中を支えながら、ギードはマージョリーの顔を覗き込む。

「マージョリー？」

「……ギード。ええ、大丈夫です。痛みは……和らいできたみたい」

弱々しく微笑む彼女が健気で愛おしくて、ギードはその額や頬にキスを落とした。

「……無理をしないでください。今夜はここで終えても……」

ギードの肉体は不満の悲鳴を上げていたが、彼女の身体の方が大事だ。

己の肉欲を圧し潰すようにしてそう提案したのだが、マージョリーがまた上目遣いでこちらを睨んできた。

ぎゅん、とまた心臓が軋んで、ギードはギュッと目を閉じる。己の剛直は素直なもので、愛妻の上目遣いに反応して更に角度を上げた。

「……っ」

　自分の腹の中でギードが動いたのが分かったのか、マージョリーがピクリと身体を揺らす。痛い思いをさせた上に、また大きくするとは何事か。ギードは目を閉じたまま謝った。

「……すみません」

「何を謝っているのですか？」

「……君の中で動いてしまいましたから」

　なぜこんなことをわざわざ口に出して説明しているのだろう、と頭のどこか片隅で思う。だがマージョリーは気にならなかったようで、不思議そうに首を傾げた。

「……これは私の中で動く行為なのでは？」

　その通りなのだが。

「まだ痛いでしょう？　君にこれ以上、痛い思いをさせたくないのです」

　今なお盛大に非難の声を上げている肉欲を抑えつけてそう言うと、マージョリーは目を丸くしてから笑った。

「もう痛くありませんわ。続きをしてくださいな」

「……！」

　その愛らしくも艶めいた笑顔が腰に響く。期待にまた肉竿がぐいぐいと動いた。分かりやすく歓喜する己の欲望をグッと抑え、ギードは最後の確認をする。

「……本当に、いいのですか？　ここでやめなければ、きっと僕は箍が外れます」

「箍が……」

なんだかピンと来ていない様子で鸚鵡返しをするマージョリーに、ギードはキリッと真剣な顔を向けて言った。

「ずっと……気が狂いそうなほど、君をもう一度抱くことだけを考えて生きてきたのです。今夜だけは、間違いなく君を貪ってしまう。自分を止める自信はまったくありません」

これで怯えるなら、「今夜はやめる」と言ってほしい。

怯えられてまた逃げられるくらいなら、ここで一旦やめる方がまだマシだ。再会した彼女からやんわりと逃げられ続ける日々の辛さを思い出し、ギードは奥歯を噛み締めた。

やめたくない。ようやく、ここまできた。やっと——彼女を抱けるのに！　と己の欲望が泣き叫んでいる。分かっている、自分だって本当は抱きたい。今すぐ彼女の首筋に噛みついて、腰を振りたくって隘路を犯し、彼女の子宮に己の子種をぶちまけ、それでいっぱいになるほど、彼女を己で満たしてしまいたい。

マージョリーが泣いても叫んでも、彼女が快楽で何も考えられなくなるまで絶対にやめない。どろどろになるまで、彼女と溶け合ってしまいたい。

一瞬にして頭の中で彼女を犯し尽くした自分は、やはり本性が魔物なのだろう。

こんな自分だからこそ、彼女を守らなくてはいけない。そう思い直した瞬間、マージョリーが上目遣いで言った。

「やめないでください。私も、あなたに貪られたいの」

目の前で火花が散る。

それはギードの理性の紐が引き千切られた合図だった。

「マージョリー！」

短く叫んで、ギードは彼女の唇を奪う。

食らいつくように柔らかい唇に歯を当てると、その熱い口内を舐り尽くした。

小さな舌を追い詰めて吸い上げると同時に、腰を振りたくる。

「んっ、う、ううう、ぁ！」

唇を塞がれているので、マージョリーが鼻から苦しげに嬌声を漏らした。頭のどこかでそれを可哀想だと思っているのに、肉欲に支配された身体は動きを止めることはない。

彼女の最奥に自分の切先が届く。その奥にあるのは子を孕む部屋だ。その入口を何度も叩いていると、蜜襞が絡みつきぎゅうぎゅうと収斂し始めた。まるでギードの子種を搾り取ろうとするような動きに、頭がおかしくなるほどの愉悦を感じた。

至近距離で藍色の瞳を見つめ、唇を合わせたまま囁く。

「愛している」

愛する女の目が幸福に満たされるのを見届け、ギードは己を解放した。

圧倒的な快感が放出されていく中、マージョリーもまた背を弓なりにして絶頂に達した。

華奢な身体をかき抱いて、ギードはようやく手にした幸福を噛み締めたのだった。

あとがき

この本を手に取ってくださってありがとうございます。

これが刊行される頃には、もう師走(しわす)に入っているのですね。光陰矢の如し。本当に、この間年が明けた気がするのに、おかしいな。

さて、私は一冊書くごとに、一つ挑戦をすることに決めています。

今回の挑戦は、「魔法」を取り入れること。

……だからどうした、と言われてしまいそうですが、これまで私は「魔法」をちゃんと書いたことがなかったのです（「ちゃんと」の定義は春日部(かすかべ)の独断と偏見によるものです）。

実は今までも何度か「魔法」モノにトライしたことがあるのですが、毎回「魔法」というものを表現する段階で行き詰まり、諦めてきました。だってあなた、魔法って何なのよ……？　ええと、力？　エネルギーってこと？　だったら仕事量よね？　カロリー？　え、カロリーなの？？　魔法ってカロリーだったの？

ハイ、ダメでーーす。全然ダメ。終了。むりぜったいムリ（意気消沈）。

だがしかし、弱気は損気。苦手意識絶拒……！

なぜなら、私だって魔法モノを書いてみたいから！（諦めが悪い）。一回やってみたいんだよー！

そんな私の意（無謀）を汲んで、担当編集者様が「やってみましょうか！」と応えてくださり、なんとか出来上がったのがこの作品となります。Y様、ご指導ご鞭撻本当にありがとうございました。

がんばって書きました今作、皆様のお口に合うといいのですが！

壊れた魔王様と手綱を握る系ヒロインを、この上なく美麗に描いてくださったのは、天路ゆうつづ先生です。ラフをいただいた時、あまりの美しさに度肝を抜かれました。

素敵すぎるイラストを本当にありがとうございました。

毎度ポンコツな私を導いてくださる担当編集者様。今回も大変お世話になりました。いつも迷惑ばかりかけて申し訳ございません。そしてありがとうございました！

この本を世に出すためにご尽力くださった皆様に、御礼申し上げます。

そして最後に、ここまで読んでくださった皆様に、心からの愛と感謝を込めて。

春日部こみと

この本を読んでのご意見・ご感想をお待ちしております。
◆ あて先 ◆
〒101-0051
東京都千代田区神田神保町2-4-7 久月神田ビル
㈱イースト・プレス　ソーニャ文庫編集部
春日部こみと先生／天路ゆうつづ先生

死に戻ったら、夫が魔王になって溺愛してきます

2022年12月6日　第1刷発行

著　　者　春日部こみと
イラスト　天路ゆうつづ
装　　丁　imagejack.inc
発 行 人　永田和泉
発 行 所　株式会社イースト・プレス
〒101－0051
東京都千代田区神田神保町２－４－７ 久月神田ビル
TEL 03－5213－4700　FAX 03－5213－4701
印 刷 所　中央精版印刷株式会社

ISBN 978-4-7816-9733-8

Sonya ソーニャ文庫の本

『この結婚は間違いでした』春日部こみと

イラスト 岩崎陽子

Sonya ソーニャ文庫の本

『腹黒従者の恋の策略愛』 春日部こみと

イラスト 芦原モカ

三年後離婚するはずが、なぜか溺愛されてます
春日部こみと
Illustration ウエハラ蜂
もしかして、私の妻は天使かな?
『呪われた侯爵』と敬遠されるアーヴィングと結婚したハリエット。けれど初夜の床で、「君を抱くことはない」と言い放たれ、三年後には離婚するとまで言われて大混乱!なのにその後は、ハリエットになぜか好意的。さらにある夜、彼にいきなり押し倒されて——!?